講談社文庫

人類最強のときめき

西尾維新

講談社

Illustration take　design Veia

人類最強のときめき

人類最強のときめき

1

由比《ゆい》ヶ浜《はま》ぷに子《こ》のことを覚えているのは、今となっちゃーあたしくらいのものだろう。あいつと戦ったのは、正確にはいつだったかもうわからないくらい、もうとっくの昔のことだし、それも決して、表舞台で戦ったというわけじゃあなかった——裏も裏、裏街道の行き止まりみたいな場所で、あたしと、あたしを模《も》して作られたあのロボットは戦ったのだから。しかしながら、今となっては誰も——製作チームの連中でさえも——覚えていないであろうあのポンコツ殺戮《さつりく》兵器が、あたしの戦闘履歴の中でも、ひときわ思い出深いものであるのも、また確かだった。ひとつには、単に強敵だったってのがある——零崎曲識《ぜろざきまがしき》の助けがなきゃ、あいつには絶対に勝てなかっただろう。実際のところ、ぷに子の奴《やつ》にあたしは心停止にまで追い込まれているわけだしな

──心臓を止められたってのは、あたしの人生で、ひょっとしたら、あのときだけなんじゃねーの？　少なくとも、あれが初めてだったことは間違いねえ。ただ、強さだけで言うなら、あいつよりも強い奴はその後にはもちろん、それ以前にもわんさかいたってもんだ。あたしは今現在人類最強と呼ばれ、また自らもそう名乗っているけれども、とは言え最近は人類以外の存在を相手にすることも多くなってきて、その名称について考えさせられることも多い。宇宙人とか、岩石人とか、ガス状生命体とか、人魚とか——価値観を根底からぶっ壊されるような出来事が目白押しで、まったく退屈しねー人生だぜ。強さと弱さを相対化しちまう人類最弱の戯言遣《ざれごとづか》いなんてのもいたけれど、更生しちまったあいつにゃー、とても付き合わせられない旅路であり、連戦だ。しかし、それでもやっぱり、それを踏まえた上でも、あたしにとって、由比ヶ浜ぷに子は、特別扱いの特別枠だった——それはやっぱり、あいつがロボットだったからに、他ならない。先述の通り、あたしを模して作られたロボット——人造人間。鉄とガラスとオイルの産物。言うならそれは、三人のぶっとんだ研究馬鹿どもが、現代科学の最先端を無意味に駆使しておこなっていた、『死なない研究』の一環だった——むろん、あたしもその一環であり、その一環でしかない。だから、言うならばあたしとぷに子は、姉妹みたいなものだった——あたしがお姉ちゃんで、ぷに子が妹。その後、手がけられた想影真心《おもかげまごころ》なんてのも、洪水のようなその流れを汲《く》むものじゃああって、あいつもあいつで、あたしにとって特別枠じゃああるんだけれど、ぷに子と真心じゃあ、特別扱いの、その扱いかたがかなり違う。そもそも、それこそ零崎一賊《いちぞく》じゃねーんだから、このあたしが、親子関係や兄弟関係を、重んじるようなタイプかよ？　人類最終と呼ばれた真心はあくまでも人類であり、人間だった――対して、ぷに子は、ロボットであり、機械だった。そこがなんっつーか、印象深いと言わざるを得ない箇所で、つまりあのときあたしは、ロボットから殺意を向けられて、ロボットと戦っていたわけだ。殺意？　そんなのはプログラミングされた命令に従っているに過ぎなくて、機械に意志なんてないってのが、現代社会の統一見解であり、そんなところに『人間らしさ』みたいなものを見いだすのは古きよき時代のファンタジーだという意見に一定の理があるのは確かだが、でも、あのとき拳《こぶし》と拳を交わしあった（正式には、アームやマニピュレーターと拳を交わしあった）身の実感を言わせてもらえるなら、あの駆動に、なんの意志もなかったとはとても思えない。あたしを、一時はあの世送りにしてみせたあのロボットには、確かに殺意があったたし、姉であるあたしへ向けた盛大なコンプレックスがあった。とんだシスコンもいたもんだが、ともかく、殺意であれなんであれ、ぷに子には、確固たる意志があるように感じた――己《おのれ》の意志が。それが暴走して、最後には暴発しちまったってえオチもついたんだが、それはまた別の話として――そう、あたしがあいつのことを、バラバラに分解されて完全に廃棄されちまったスクラップのことを、未《い》だしつこく、恋焦がれているかのように覚えているのは、やっぱり、考えちまうからだ——機械には、意志があるのかどうか。思考があって、感情があって……、好きになったり嫌いになったり、するもんなんだろうか。ぷに子は、いわゆる人型ロボットだったから、感情移入しやすい形状をしていて、だからこそそんな風に思っちまうのかもしれないけれども、でも、どんな形の機械だろうと、スマホだろうとパソコンだろうと、何らかの意志は備えているのかもしれねーじゃん。人工知能は、そう遠からぬうちに、人間の知能を追い越してしまうって話もあるけれど、実際のところは、もう追い抜かれているようなもんだよな？　大概の奴は、もう機械なしじゃあ生きていけない人間になっちまってるわけだし——もしも、SF映画みてーに、機械に人類を侵略する意図があったとするなら、もうずいぶん前に、人類は連中に奴隷化《どれいか》されちゃってるって言っていいんじゃねーのかな？　さしずめあたしは、人類最強の奴隷か？　笑えねーな。ま、こんなオープニングトークは、実際のところ、ほとんど思考実験みてーなもんで、本質的な意味なんかねーし、これこそまさしく、考えているようで考えていないみてーなもんだ。人間の思考が電気信号であるように、電気で動く機械も思考しているようなものだ——なんて、それもまた、思考実験であり、言葉遊びでしかねーだろう。わざと危うい可能性を考えて、ほどほどにリスキーな気配を楽しんでいるだけだ。あたしはリスクが好きだし、多かれ少なかれ、誰しもそういうところがあるんだろう――だけど、スマートフォンはあくまで、電話でしかない。かつて戦ったあたしの妹が、意志を持っていたなんてのは、所詮は夢物語だ――あたしの、あたしらしからぬ後悔が見せる、ほのかな幻影とも言える。まったく、格好のつかねー話だぜ――このあたしが、ロボットの、心や魂《たましい》を信じているとは。電子レンジの使いかたがわからねーおばあちゃんじゃねーんだから。機械に意志があるだなんて――それに比べれば、まだしも、植物に意志があるって話のほうが、よっぽど信憑性《しんぴょうせい》があるってのに。

2

長瀞《ながとろ》とろみがあたしを訪ねてきたのは、ある夏の昼下がりのことだった――つーか、そのときは常夏《とこなつ》の南国に滞在していたので、その夏がいったい何月だったのかは、定かではない。もちろんあたしのことだ、バカンスを楽しもうと、泳ぎに来たってわけじゃねえ――仕事に来たに決まっている。三時間のうちに五回くらい世界を救うような、それはそれで結構ハードなミッションだったんだけども、最終的にはなんとかしゃんしゃんとまとまった。『なんてことをしてくれたんだ』という声も少なからず聞こえてきたけれども、まあまあ、全員から支持される幕引きなんて、そうはないってことだ――あたしが満足ならそれでいい。なんにせよ、仕事を終えて、さて次の仕事はなんにしようかなと、ワーカホリックぶりを発揮しようとしたタイミングで、とろみが横槍《よこやり》を入れてきたってわけだ。またお前かよと言いたくなる連チャンだったが、ここぞとばかりに目聡《めざと》いって言うか、あたしの隙《すき》をつくのが得意な女だぜ。さすがは四神一鏡《ししんいっきょう》の哀川潤《あいかわじゅん》係だけのことはある。

「やめてください……、私はそんな役職についてはおりません」

とろみは心底嫌そうに言った。そこまで嫌そうな顔しなくてもいいだろ。別嬪《べっぴん》さんなお顔が台無しだぜ。

「ちなみに私、そう呼ばれるようになってから、友達の数が半分に減ったんですけれど……」

へー。可哀想《かわいそう》に。うまく慰《なぐさ》められるかどうかわからないけれど、でもまあ、そんなことでいなくなるような友達は、きっと最初から友達じゃなかったんだよ。よかったな、偽者の友達の正体が、これを機会に割れて。

「人を慰めるのが下手過ぎるでしょう……、偽者だって、上《うわ》っ面《つら》だって、友達は友達なんですよ？　大切にするべきものです」

けっ。それはそれで真理かもな。言うじゃねえのよ。で？　何の用？　今度はどんな宝船を探してくりゃあいいんだ？

「話が早いのは助かりますね……、いえ、でも、船ではありません。この間のようなことはありませんから、ご心配なく」

そりゃこの間のようなことが、ぽんぽん起こられちゃあ、あたしもさすがに身が持たねえよ――みよりちゃんを巻き添えにしちまったしな。あの子には悪いことをしたぜ――もうその償《つぐな》いもできないけどな。

「軸本《じくもと》みよりさんを死んだみたいに言わないでください……、ぴんぴんしてますよ。それは単に、あなたが軸本さんを酷《ひど》い目に遭《あ》わせたけれど、償うつもりはまったくないというだけのことでしょう」

あたしのことならなんでも知ってるのな。

「もっと早く知っていたら、そもそもあなたとかかわっていませんよ――さておき。今回お願いしたいお仕事は、比較的、安全なものです」

おやおや、知らないことがあったのかい？　あたしは安全って奴が、そんなに好きじゃあないんだけど――こないだみたいなのは、確かにもう勘弁だが、安全を追い求めて、シェルターに閉じ込もろうって柄じゃねーよ。

「あなたを閉じ込められるシェルターなんてありませんよ――大丈夫です、安全と言っても、そんなに安全というわけではありません」

変な売り文句だな。

「政治的に、という意味でしてね……。それに、潤さんもあながち無関係というわけではないので、できれば責任を取る意味で、引き受けてもらいたいものなのです」

責任？　んなもん取ったことねーな。

「そう仰《おつしや》らず——って、すごい人生ですね、それ。前回、私はあなたに宝船探しを依頼しましたよね？　厳密には、依頼したのは宝船探しをしていた船の捜索ですが……、そのときの調査結果を元に、我々は更なる海底調査を続けていましたけれど、結果、問題が発生しまして」

発生？

「海底火山が噴火しました」

……それはさすがにあたしのせいじゃねーよ。あたしが海底で暴れた程度で、連鎖的に火山が噴火するわけねーだろ。お前らがどうせ、イリーガルっつーか、いつも通りに、変な調査をしたんじゃねーのか？

「そういう傾向もなきにしもあらずですが、まあ聞いてください」

聞きましょう。そうやってなんでもかんでも、あたしのせいにしてりゃいいよ。

「火山の噴火が、結果、何をもたらしたかと言いますと、新島の誕生です——とある海域、それまで何もなかった広々とした大海原《おおうなばら》に、新しい島が生まれました」

ああ。そのニュースなら新聞で読んだよ。

「潤さん、新聞を読むんですか？」

哀川潤だって新聞くらい読むんだよ。そうか、あれ、お前らが原因だったのか。

「我々の間では、潤さんのせいということになっていますけれども」

お前らとは永遠に意見の一致を見そうにねーな。

「誰のせいかはともかくとして、その島が誰のものかで、今、揉《も》めていましてね。厄介なことに、絶妙な海域に誕生してしまいまして——現時点で四神一鏡やＥＲ３システムを含む十二の大組織が、所有権を主張しています」

十二って。どんな絶妙な位置だよ——火山島なんて、何もねーだろうに。

「何もなくても、拠点にはできますからね——何もないなら何もないで、何とでも使いようもあるんでしょう。候補の組織は、これから更に増えそうな気配です」

確かに、政治的に安全な状態とは言えないな。人間同士のテリトリー争いなんて、危なっかしい火種だぜ。どんなことになるのやら。

「そこであなたの出番というわけです」

はあ？

「潤さん、しばらくの間、その島に滞在してもらえませんか？　政治的どころか、世界的にアンタッチャブルなあなたが住んでくだされば、誰も——どんな組織もどんな権力も、その島には手が出せなくなりますから」

3

　そんなわけであたしは常夏の楽園から、何もない、生まれたてほやほやの火山島へと移住することになった——期間は目安として、およそ三ヵ月ってところらしい。その間にとろみ達が、組織間の緊張みたいなものを、平和的にほぐそうって算段だそうだ。人類最強を利用してこすいことを考えやがると、呆《あき》れた気持ちにもなるけれども、昔に比べりゃ、四神一鏡も丸くなったたってえ言いかたもできる——むしろ好奇心や探求心に基《もと》づいて、その新島の所有権を、率先して主張しそうな連中だったのに、変われば変わるもんだ。まあ、それも時代ってことなのかもしれねーけど。あたしの知っている四神一鏡は、もうなくなっちゃったのかもしれねーな——それを寂しいとは決して思わないけれども（せいせいするぜ）、なくなっちゃうものもあれば、変わるものもあって、そして、新たに生まれるものもある。命だったり、島だったり。政治に興味はねーけれど、しかし（たとえ何が原因だったとしても）、それまで存在しなかった島が登場したってのには、ふんだんに興味があった。新しいもの好きなんでね、仕事じゃなくっても、上陸したくなる——断る理由はなかった。

「でも、気をつけてくださいね。火山がまた爆発する可能性は否めませんから」

大変な可能性を示唆《しさ》するなよ。

「火山島ですから。そして仰っていたように、基本的には何もありません——巨大な溶岩の塊《かたまり》みたいなものだと思ってください。食べ物も飲み物も、持って行くしかありません——かなり過酷なサバイバルになります」

あとからあとから、不都合な情報を提出してくれてんじゃねーか。一度うんと言った以上、今更後には引けねーけれど——そしてあたしはヘリで、新島に輸送されることになった。溶岩の地表はごつごつしていて、着地ポイントなんてなかったから、上空八百メートルからのパラシュート降下だった——何者かの悪意ある悪戯《いたずら》によってパラシュートが開かなかったりしたけれど、なんとかなった。ごつごつの地表に、くぼみがひとつ増えた程度だ。

「島の総面積は、およそ二十平方キロメートルくらいです——どこを住処《すみか》にしていただいても構いませんが、島の中心には近付かないことをおすすめします。当たり前のことですけれど、そこには火口がありますからね」

了解了解。つまり近付けってことだな？

「いえ、そんなつもりは決して……、あの、振りじゃないんですけど。マジでやばいんですけど。さすがのあなたも、火山の噴火には耐えられないでしょう？」

そいつはやってみないとわからない。と、あたしはとろみからのアドバイスに不敵に応えはしたものの、実際に到着した新島の、あまりにも荒漠とした様子に、『あれ？　思ったより面白くなさそう？』という第一印象を抱かざるを得なかった——島といっても、申し分のない広さに、そして何もない風景。何もない風景は、予想以上に何もなかった。遮《さえぎ》るものがないから、ただ風が強い。それが火山島っつーもんだって言われたらその通りなんだけれども、本当、ただでかい岩が、海中から突き出してきたって感じだ——中心は山みてーに盛り上がっていて、つまりあそこが火口なのだろう。

「だから、火口には近付かないでくださいね」

近付くに決まってんだろ、この場合。到着五分で、暇で暇でしょうがねーってんだから。なのであたしは着地したときにぐちゃぐちゃになっちまった不良品のパラシュートをその場に捨てて（環境破壊だが、破壊するような環境が、ここにはねえっての）、当面の食料やらテントやらが入ったザックを背負い直して、その山——火山も火山、活火山に登ることにしたのだった。アタックだぜ。

4

そう言えば、この島にはまだ名前がついていないらしい。所有者も決まっていない、生まれたてほやほやの島なんだから、当然と言えば当然なんだけども——政治的なごたごた、つーか、敵性的なごちゃごちゃが解決すりゃあ、何らかの正式名称がつけられることになるんだろうけれども、しかしだからといって、あたしがそれを待たなきゃいけない理由もない。みよりちゃんがいれば、あの可愛くて天才な心理学の博士にネーミングライツを与えたいところだけれど、便宜的にあたしは、この島を溶岩島と呼ぶことにした。そのまんまだが、そのまんまで悪いって法もねえ。島の仮名は溶岩島、山の仮名は溶岩山だ。風景の中に、比べるものが太陽とか雲とかくらいしかなかったので、山の高さについては、遠近感がまるでつかめなかったけれども、実際に登頂してみた感じだと、およそエベレストの半分くらいだった。まあ、装備なしで登るには、それなりの高さってところか――ただし、エベレストに登るのがしんどいのは、雪ばっかり降ってるあそこの気候のせいだってのもたぶんにあるので、これも一概に言えたもんじゃねえ。その意味じゃ、この溶岩島は、海風こそ強いものの、気候自体は温暖で、過ごしやすいロケーションだった。今頃とろみが仕切っているであろう円卓会議にどういう決着がつくのかは定かじゃあないけれども、もしも決着後、この島が一般に開放されれば、映画の撮影なんかに利用されるかもしれないと思うほどだ。ヒーロー映画なんかがいいかもな。環境を破壊する心配がないから、特殊効果も使い放題だぜ――生態系を壊す恐れもないしな。なにせ、生態系がないんだから。というわけで、ほぼ半日くらいかけて登頂してみたあたしだったけれど、溶岩山は今は完全に活動を停止しているらしく（ミュージシャンみたいな言いかただ）、おとなしいものだった——火口の中がぐらぐら煮えたぎっているということはなく、その点では拍子抜けだった。ま、でねーと、温暖な気候になんてなってねーか。このぽっかりあいた火口に飛び込んでみりゃ、何か面白いものでも見られるんだろうか？　マグマにまで通じているんだとしたら、底なしの穴に飛び込むようなもんで、滞在中に試してみるのもよさそうだけれど、今はまだ、やめとくか。楽しみはあとにとっておこう——山登りは堪能したし、今日はもう寝るか。テントを張るのとかめんどくせーし、適当に飯を食って、翌朝を待とう。山頂から見える満天の星や、パノラマ的に見える水平線は、なかなか豪華な景色だし、何せあたしだからすぐ見飽きそうではあるけれど、来た甲斐《かい》があったと思わせてくれるものだったし、気分がいいうちに寝ちまうってのは、幸せな行為だぜ。それにしても、明日からどうやって暮らそう？　こんな孤島で、一人ぼっちで。それこそ本当に、みよりちゃんでも同行させればよかったかな——あたしの歴代のパートナーの中でも、飛び抜けて過酷な体験をしたかの天才児は、しかし『哀川潤は、もうこりごりだ』なんて、まだ、言ってないだろうし。ところみは『このあと、世界会議のMCという、どうしても抜けられない仕事がありますから』と、固辞しやがった。つれてくることもできなくはなかったんだが——あとは、石丸小唄《いしまるこうた》だな。石丸小唄。あいつなら、こんな何もない島からでも、見事、何かを盗んでみせるのかもしれない。なにせとんとん拍子で、あれよあれよと決まっちまった仕事だったから、うっかり一人で来ちまったけれど（急ぎの案件だと強調されていた——今から思えばそれは、いつかみたいに同行を強要されてはたまらないという、とろみの巧みな企《たくら》みだったのかもしれねえ。やるじゃねえか）、誰かと一緒に来ていれば、三ヵ月間、別の楽しみかたもあったのに。そんな風に思いながら、ごつごつした山肌に寝転がったあたしだったが、しかし今回に関して言えば、それは後悔するようなことじゃあなかった——むしろ一人で来て正解だった。このあたしが正解を選んじまうなんて、恥ずかしい限りだが、むろんこれは、意に添わずパートナーとして同行させられる誰かの心情をおもんぱかると、道徳の観点からしてそんなことをするべきではないという意味ではなく、この島が危険だったからだ。危険。それも、政治的にという意味ではなく。

5

前回、とろみの依頼で宝船探し（厳密には、宝船探しの調査船探し）をしたこともあって、最近は海づいているなあ、なんて思ったものだったけれど、眠りながら考えてみるに（イルカかあたしは）、づいているのは、海ではなく、島かもしれないと思い直した。この依頼を受けた常夏の南国も、ハワイではないけれども諸島みてーな場所だったし、こないだ久々に、赤神《あかがみ》イリアの暮らす鴉《からす》の濡《ぬ》れ羽島《ばじま》に行ったとこだしな。そもそもあたしの原点のひとつに、千人の仙人が暮らしていた無人島ってのがあるから、島はあたしのトンマナなのかもしれない。別に島好きってわけじゃあないんだろうが、それでも、人が故郷に戻りたがるように、あたしは孤島に行きたくなる傾向があるとか？　あたしには故郷なんてねーけども、己の原点を懐かしむ、みてーな気持ちくらいは、あるのかもな。それを人間らしさと呼ぶべきなのかどうかは、いまいち定かじゃあねーけども。かつてあたしをワールドワイドなスケールでハブにしたり、月に追放したりした連中からしてみれば、あたしが自ら島流しみたいな旅程に乗ってくれるのは、願ったり叶《かな》ったりな状況だろうから、その点、ついつい反骨精神をあらわにしてしまいそうではあるけれども、しかししめしめと思っているそんな奴らを寛大にも許して、少なくともしばらくは任務を放棄せず、この溶岩島に滞在してやってもいいと、思わなくもなかった——眠りにつく直前の出来事を想起すると、そんな許しの心も強くなる。ああ、それがどんな出来事だったかと言うと、それは、山肌に寝転がろうとしたときのことだった。別にどこに寝転がろうが、山肌は、どこもかしこもごつごつした岩肌でしかなかったので、似たようなものだったんだろうけれど、それでもあたしは、最初に横たわろうとした場所に横たわるのを、すんでのところで思いとどまったのだった。気にしなきゃあ気にしないまま寝っ転がれたようなことなんだが、その岩肌を割るようにして芽吹く小さな双葉に、あたしは気付いてしまったのだった。野に咲く花を踏むのを避ける、なんてのは、どう考えてもあたしの柄じゃあないんだけれども、しかし、溶岩を割って芽吹いた若葉となると、背中で押し潰《つぶ》すには忍びないものがあった。つーか、一人ぼっちだと思い込んでいたこの溶岩島に、別の命が存在していたことに、なんとなく面《おも》はゆい気持ちになったのだった。不意をつかれたようで、ちょっとときめいちまった——まあ、寝床なんて、島中がそうなんだから、あえてこの双葉を潰す必要はあるまい。雪の綺麗《きれい》なとこだけを踏み荒すみたいに、この若芽を踏み潰すのは忍びない。ほんの数メートル、ずれればいいだけの話なんだからな？　ま、現実的なことを言えば、ここであたしが潰さなかったところで、こんな何もない島で、草木が根付くはずもねーんだが、それならそれで、わざわざあたしが手をくだす必要もあるまい。三ヵ月の間、この若芽の成長を見守るってのも、あたしが体験しているわけもない小学生の夏休みみてーで、乙なもんだろう。んじゃ、今回のパートナーはお前ってことでと、双葉にそんな風に声をかけてから、あたしは眠りについたのだった。思い起こしてみるとこれはなんだか、野良猫を見て『お前も一人か……』みたいなことを言ってる奴みてーで、お寒いと言えばお寒いのだが、しかし、この場合、問題はそんなところにあるわけではなかった。あたしの精神が気まぐれなのはいつものことだし、時に丸くなったり、寒くなったりもするんだろう。そう、あたしの気まぐれが、問題なわけじゃあないのだ。初日の夜から、共に過ごすパートナーを発見したことで、ここでの暮らしもそんなに悪いもんじゃなさそうだと、思い始めているあたしの暢気《のんき》さこそが問題であり、大問題なのだった。言うならそれは、判断ミスなのだから。間違うのは構わないし、時に面白おかしくもあるのだけれど——正解ばかりの正道人生よりは、いくぶんマシってもんだろう——、判断ミスってのは、どうにもいただけない。能力や修行が足りなかったってことだもんな。まあ、人類最強の請負人《うけおいにん》なんて言っても、意外とそんなことばっかりなんだけれども、今回あたしの犯したミスジャッジは、たまたま発見したそんな若芽を、パートナー扱いしちまったことだった。幸運なことに、その機会に恵まれたのだから、あたしは将来を見越して、若い芽を摘《つ》んでおくべきだったのだ——なぜならそいつは、孤島で生活を共にするパートナーなどではなく、生存競争を繰り広げることになる敵だったのだから。

6

それがとろみの企みだったのかどうかはともかくとして、なにせ準備する期間もなく、南国から直行便での移動だったもんだから、準備らしい準備はほとんどできなかった——背負ったザックの中に詰め込んできたサバイバルキットも、最低限以下の品揃えだ。

「潤さんなら、それでもなんとかなるでしょう。だって月でも生き延びられたんですから」

とろみは他人事《ひとごと》だと思って、そんな太鼓判を適当に押してくれたけれども（雑に処理しようとすんな。あのときはお前が一緒だっただろうが）、実際問題として、あたしも人間なので、人類なので、食糧問題は、切実なそれでもあるのだった。栄養を摂らなきゃ、飢えて乾いて、死んじまうってえの。エネルギー保存の法則かあ？　だから月に追放するってのは、結構な妙手ではあったんだ——あの天体でさえ生き延びていたストーンズと同じことが、あたしにできたとは、自信過剰なこのあたしも、さすがに言えない。なけなしの食料は、計画性なく、昨夜寝る前に全部食っちまったし、だから本日の課題は、食料の調達だった。まあ果物やら野菜やらが入手できる環境じゃないんだから、海に出て素潜《すもぐ》り漁でもするしかねーか。太陽浴びて、泳いで、これはこれでバカンスだな。まったく、人間もさっさと進化して、光合成でもできるようになればいいのにな——なんて、見様によっては、親父どもと似たり寄ったりな発想を抱きつつ、あたしは一日をスタートせんと、起きあがった。否——起きあがれなかった。あれ？　起きあがれないって何？　このあたしが、倒れたまま起きあがれないなんてことがあるのか？　そんな戸惑いを覚えつつ、再チャレンジするも、身体は岩肌に張り付いたまま、ぴくりともしなかった——違う、張り付いているんじゃあない。あたしの身体は、岩肌に縛《しば》り付けられているのだった。まるでスウィフトの、ガリバー旅行記のごとくだ——なんだここは小人国リリパットだったのかと思わされる状況だったが、あたしを地面に縛っているのは、ロープでもなければ、鎖でもなかった——可動する限り首を可動させて見る限り、それは、『蔦《つた》』だった。『蔦』というのか、『蔓《つる》』というのか——専門的な区分は知ったこっちゃねーけど、ともかく、地面から生えたそういった紐状《ひもじょう》の植物が、あたしの身体をがんじがらめにしていた。手から足から、胴体から——首もぐるぐるで、結構キツめに、締め付けられていた。もしもあたしが、もうちょっと寝過ごしていたら、窒息して死んでいたんじゃねーかってような状況だった。なんで目が覚めたらこんなことになっているのか、わけがわからなかった。どうして溶岩でできた岩肌に、いきなりこんな植物が……、ただ、気付いてみると、あたしが縛り付けられている岩肌も、今や岩肌ではなかった。びっしりと草木が生い茂っていて、ほとんど草原である——見上げる景色も、昨日の、空しか見えなかったそれとは一変していた。というか、空がまったく見えなくなっていた——あちこちにぶっとい樹木が林立し、広がった枝葉末節《しようまっせつ》が、完全に上空を覆い隠していた。かすかに差す木漏《こも》れ日で、どうやらあたしは目を覚ましたらしいけれども、しかしそれにしても危機感が足りな過ぎる。そんな木漏れ日も、あとわずかで、完全に遮《しゃ》断《だん》されてしまいそうなほど、頼りないものだと言うのに。…………。と、寝転がったままで、あたしが考えたのは、ぐーすか眠っている間に、あたしは違う島に連れてこられたんじゃないかってことだった。当然、それが小人国リリパットってことはないにしても、そう、たとえば、かつて生涯無敗の結晶皇帝《クリスタルカイザー》、六何《りつか》我《が》樹丸《じゅまる》と戦った大厄《たいやく》島《しま》みてーなところに……、あそこは鬱蒼《うっそう》と茂った緑の大国みてーな感じだったから、イメージとしては結構近い。だが、この考え方は現実的じゃあねえ。ぶん殴って気絶させられてるとか、薬を使って眠らされているとか、そういうシチュエーションなら、そういう大移動もありえるだろうけれど、ただ眠ってるだけのときに、そんな大胆な運搬を許すあたしじゃねーだろ。いばら姫じゃねーんだから……、まあ、植物にがんじがらめにされて、シチュエーションとしてはそこそこいばら姫みてーなもんだけど……、まさか孤島巡りが趣味のあたしが、寝ぼけて海を渡っちまったってこともあるまい。となると、考えられる可能性はひとつ——本当はもっとあるけれども、あたしは今日子《きょうこ》ちゃんとは違うんでな。すべての可能性を丁寧に網羅したりはしねー。インスピレーション、決め打ちタイプ。決めつけって言ったほうが正確か。つまり、あたしが寝ている一晩の間に……、長くても八時間くらいの間に、あの何にもなかった溶岩島は、あふれんばかりの緑に覆われちまったってことだ——何にもなかった、強《し》いて言うなら、うっかり踏み潰してしまいそうな、たった一本の若芽が芽吹いていただけだったあの荒涼とした火山島が、立錐《りっすい》の余地もないような樹木島になっていたということだ。……少なくとも、所狭しと立ち並んだ防風林のお陰で、風は感じなくなったけれども、さて、どうしたもんかね。

7

植物の成長速度をなめちゃいかん。奴らはイメージほど、ゆったりのんびり、育つもんじゃないらしい。日々すくすくと伸び上がるし、気付けば一面に広がっているし、具体的には、たとえば竹みたいな植物は、じっと眺めていれば、肉眼でその成長具合をとらえることもできるという——しかし、だからと言って、これはいくらなんでも行き過ぎというか、ありえない光景だった。リアリティを語るなら、あたしが寝ている間に移動させられたサプライズというのと、どっこいどっこいの絵空事だ。二十平方キロメートルの面積を、いきなり埋め尽くす緑の光景——生命力を感じる以上に、おぞましさを感じる、異常な出来事である。エネルギッシュなんてレベルじゃねえ——どんな倍々ゲームがおこなわれれば、たった一本の若芽が、ここまで増殖をしようってんだ？　しかもそのバリエーションも種々雑多だ——寝転んだ山肌を覆うのは背の低い草だったし、あたしを縛り付けるのは蔦だったし、太陽を覆い隠すのは広葉樹——これでちゃんとした生態系が作られているとは思えない。破壊される前から、すでにぐちゃぐちゃに破壊されている生態系って感じだ。強いて言うなら、人間が何も考えずに作っちゃった植物園って感じだ。それが奔放《ほんぽう》な成長を果たした結果、こんなことになっちゃったみたいな——いや、考察はあとだ。さっさとなんとかしねーと、このままマジで絞め殺されちまう——なんだっけな、六何我樹丸で思い出したけれど、ガジュマルってえ植物は、他の植物をその気根で、マジで絞め殺したりするらしいぞ。成長の速い植物は、成長の遅い植物が生い茂るのを妨げたりするし、蔓状の植物にぐるぐる巻き付かれることで、成長が阻害される樹木もあるという——身体中を植物に巻き込まれつつあるあたしも、このままじゃあただでは済むまい。これはこれで自然破壊ってことになるんだろうが、んなこと言っちゃあいられねえ——引きちぎられる前に、引きちぎるしかない。あたしはさっきよりも力を込めて、地面についた手を支点に、上半身を起こす。ぶちぶちぶちという音を聞きながら、今度こそあたしは立ち上がった。言っても植物が相手なんだから、本気になれば軽いもんだと思っていたけれど、実際には結構苦戦した——ぶちぶちぶちという効果音の一部は、あたしの着ていた服のほうが破れる音だった。縛られていたのが服の上からだったから破れるのは服だったけれど、この感じじゃあ、皮膚《ひふ》だって破れていたかもしれない摩擦があったと思われる。実際、直接縛られていたのどの部分は、出血こそしていないものの、たぶん、痣《あざ》くらいにはなっているだろう。まあ、お肌の手入れに気を遣うほうじゃねーけど、本当に危ういところだったのだと思わされる――絞め殺されたかどうかはともかく、もしも植物の蔓が、口の中や、瞼《まぶた》の裏に入り込んでいたとしたら、そこそこ取り返しのつかないダメージを受けていたかもしれない。立ち上がって、改めて確認した自分の姿を見て、より一層、そんな風に思う――起きあがるだけのことで、ずたずたになったあたしの服は、しかしそうでなくとも、寝転んでいた段階で、既にぼろぼろになっていたようだった。一晩の間に、一ヵ月くらい着古したような有様になっていた――というのも、あちこちに苔《こけ》が生《む》していて、満遍なく、毛玉みてーな植物の種がひっついていたのだ。種の中には芽吹いているものもある。ガーゼの上でモヤシを育ててんじゃねーんだから、どんなプランターだよ。いや、冗談抜きで、あのまま寝ていたら、本当に植物の苗床《なえどこ》にされていた――さぞかし栄養満点の苗床だっただろうよ。ただ、現状でもまったく、危機を回避できたとは言いにくい。単に、寝ている間に死ななかったというだけであって、なにがなんだかわからないという状況は、まったく変わっていない――とにかく、どっか見晴らしのいいところに行って、島の全景を把握《はあく》しねーと……。周辺がすべて緑に覆われていたから、溶岩島のすべてが緑に覆われたのだと早合点したあたしだけれど、まだそうと決まったわけじゃねえ——岩盤地帯はどこかに残っているのかも。あの若芽からスタートした倍々ゲームなら、このあたりの被害（？）が一番激しいはずだし——ともかく、状況の把握だ。変わったことを言うようだけど、普通のことをしよう。そう思ってあたしは、寝ている間は下ろしていたザックを背負おうとしたけれど、どこにも見当たらなくなっていた。草木の陰に隠れてしまったのか、それとも、既に苗床になってしまったのか……、どちらにしても、探している余裕はなさそうだった。サバイバル開始二日目で、いきなりすべての装備を失い、着のみ着のままで動く羽目《はめ》になっちまったぜ——着のみ着のままのその衣装も、散々だしよ。こないだは最新鋭の潜水服を着ていたと思えば、今日はボロを着てるって、あたしのファッションセンスも乱高下《らんこうげ》だぜ。そう思いながら、ともかく、山頂を迂回《うかい》するように、あたしは移動しようとした——ところで、すっ転んだ。転ぶのなんて月面以来だった——地球上で言えば、もう前がいつだったかわからないけれど、この場合は原因ははっきりしていた——つまずいたのだ。しかし、それはでこぼこの岩肌につまずいたというわけではなかった。それで言うなら、既にこのあたりの地面は、たとえ草が生えていなくとも、ごつごつの岩肌とは、とても言えない。木々の根っこやらに掘り起こされて、耕されて、すっかりいい土になっていた（それであたしの服が、余計どろどろになっていたってのもある）。

だからあたしは、地面につまずいたわけじゃなく——草につまずいたのだ。正確に言えば、足を取られたのだ。忍者が仕掛ける罠《わな》みてーな感じに、草同士が絡んで、もつれていたのだ——そこにあたしの足が引っかかった。現象として起きたことはそれだけなのだが、しかし言葉にしてみると、そこはかとない違和感があった。草同士が絡んで、もつれて、それが罠みたいになって、しかもそれにあたしが引っかかるなんて出来事が、そうそう起こるもんなのか？　しかも、そんなことを考えているうちに、ぶっ倒れたあたしの身体に、再び植物の蔓が、絡みつきかけていた——倒れたとき、たまたまそういう形になったと見るのが自然ではあるけれど、だが、この状態で、果たして何をもって自然とするのかは、はなはだ曖昧《あいまい》だった。自然というなら、これ以上ないくらいに自然に囲まれちまってるわけなんだから——だったら、草木があたしを転ばせるために、わざともつれた形に成長したとか、あたしに再び巻き付いてきたとか、そんな風に考えることも、さほど不自然ではないように思えた。自然と偶然、不自然と必然。これはもう完全に直感でしかないが——このままここにいるのは、やばいとあたしは感じた。じっとしていることからして、既にやばい。植物に対して、動けるっつー、動物のアドバンテージを発揮しねーと、すぐに巻き付かれてしまう——もう仮説とかじゃなくて、明らかに、あたしを取り囲む植物群は、みるみるその形状を変化させていた。それは成長なんてスケールじゃなく、進化といっていいほどのメタモルフォーゼで、その様子を見ていると、動物の動けるってぇアドバンテージも、いつまで活かせるもんかわからねえ。あたしは身体を這《は》い回る蔦を乱暴に振り払って、その場から離れ——ようとしたときに、今度は落下してきた木の実の直撃を、脳天に受ける。

8

その後の移動経路も散々だった。昨日、何もない火山に登頂したときとは、比べるべくもない悪路だった——エベレストの雪道を登ることだって、この山を十メートル移動することに比べたら、まるで舗装されたプロムナードだぜ。一歩歩くごとに、植物系のトラブルが起こる。ススキとかヒイラギみてーに尖《とが》った葉が、あたしの肌を切りつけてきたり、しなった枝が木製バットみたいにあたしの胴体を殴りつけたり、強過ぎる花の香りにむせかえったり、茂みが隠していた崖《がけ》から落ちそうになったり、果ては巨大な食虫植物に食われそうになったり——起こっていることはシリアスなピンチなのだが、傍目《はため》にあたしの独《ひと》り相撲《ずもう》にしか見えまい。シリアスどころか、スラップスティックコメディもいいところだ。あたしも数々の災難に見舞われながら、思わず笑ってしまってもいた——ピンチのときに『面白くなってきやがったぜ』と笑うあれとは違って、この場合はただの失笑だったけれど。もちろん、知っている――ただの樹海でも歩くだけで消耗するし、森は森というだけで危険に満ちていて、人間が準備も装備もなく入っていいような場所じゃないと、あたしでも知っている。だけどそういう注意喚起段階は、完全に超越していた――だいたい、入っていいも悪いも、寝ていたら森のほうからやってきたようなもんだ。熊《くま》さんにお逃げなさいと言われたところで、来たのはそっちだと言いたくなる環境である――熊に限らず、どうやら動物はいないようだけれど。昆虫さえも見当たらない。微生物がいないってことはねーんだろうが……、植物の王国――プラント・アイランドってところか。とにかくあたしは散々な目に遭いながら、ほとんど逃げ回るように移動することになったし、その上、結局、どう移動しようとも、島の全景を見渡せるような場所には出られそうもなかった。どこまで行こうと、背の高い樹木に阻《はば》まれて、景色が広がりそうになかった――海はすぐそこにあるはずなのに、潮風さえも感じられない。やむなく、あたしは木登りをすることにした。これだけ植物に酷い目に遭わされながら、その木によじ登るというのは、あんまり気が進まなかったけれど、背に腹は代えられない。その腹をぶっとい幹になすりつけながら登るんだから、むしろ植物に降参しちまった気分だったが――木のささくれが、ざくざく手のひらに刺さって、イライラすることこの上なかった。フィトンチッドには鎮静効果があるってありゃあ、嘘《うそ》だな。ともかく、あたしは山登りをした先で更に木登りをすることで、ようやく開けた視界を得たのだった。

……と、しかしながらあたしは、やり遂げた成果に、ガッツポーズを取るというわけにはいかなかった。まあ、当然、淡い期待ではあっただろう——植物があんな風に発生し、群生したのは、あたしが寝ていた周辺だけで、岩肌——溶岩肌がむき出しになっている地域も島の中にはそれなりにあるはずだなんてのが、希望的観測であることはわかっていた。あたしの場合、直感ってのは、嫌な予感とおんなじくらい外さねえ。だが、眼前に広がる絶景——まさしく絶景は、直感はおろか、嫌な予感さえも凌駕《りょうが》する絶景だった。このおしゃべりなあたしをして絶句させる、絶景である。島全体が緑——深淵《しんえん》とも言える緑、深緑に覆われているのはもちろんのこと、その緑のカーペットが、波打つように蠢《うごめ》いていたのだ。犇《ひし》めくようにびっしりと木々が生えていて、それらの生態系が、めまぐるしく入れ替わっていく。さながらそれは、定点カメラの早回しでも見ているかのようだった——万倍速くらいの映像だ。あたしがよじ登ったこの木も、どんどん形を変えていて、じっとしていると、危うく振り落とされそうになる——と言うより、あたしを振り払おうと、右に左に暴れているかのようだった。……昨日、あたしはこの島を、勝手に溶岩島と名付けたけれど、もうとても、そんな名前が相応《ふさわ》しい島じゃあ、ここはなくなっていた。溶岩なんて、もうどこにもない——石は木に、完全に侵略されてしまっていた。一夜にして、植物に征服された新島——人間がテリトリーを競い合っているところを、横取りされたって感じなのか？　石と木との戦争は既に終結して、今は植物同士が、覇権を争っているという感じだろうか。短期間の間に、成長に成長を重ね、変化に変化を重ね、進化に進化を重ね、突然変異に突然変異を重ね、生存競争に生存競争を重ね——そして広がっているのが、この絶景か。ばかばかしい、何かのトリックに決まっている、生物学的に、こんなことはありえない——と、言い切れないのが、生物学の場合は、つらいところだ。菌やウイルスなんて、ほんの数時間の間に、何重にもわたって世代交代をするもんだし、人間の常識なんて無視する不思議な生物は、枚挙に暇《いとま》がない。この島で、いったいなにが起こっているのかはわからないままだが、わかろうとすることこそ、危険なのかもしれなかった——あたしは振り返って、火口のほうを見る。その火口もびっしりと緑の怪物、ならぬ植物の侵攻を受けていた。溶岩や火山灰で、どうやって植物が育つのか——光合成か？　海水でも栄養にしちまうのか？　それとも、地熱か？　考えれば考えるほど、底なしの穴にはまっていくようだった——その底なしの穴のような火口も、いまや完全に形を変えつつあった。こりゃあ三ヵ月どころか、明日までだって持たないなと、あたしは請負人として、シビアな判断をせざるを得ない。この新島を政治的な中立地帯にするために、あたしというアンタッチャブルな存在を配置することで、誰にも手を出せなくするっていうのがとろみの算段だったとするなら、これだけの猛烈な侵略を受けてしまった時点で、その目論見《もくろみ》は既に豪快に破綻《はたん》している——どころか、ここまでの総攻撃を受ければ、島自体、いつまで持つか、わかったもんじゃない。この調子で植物が育ち続ければ、遠からず島は海に沈むことになるだろう——その際、植物も一緒に海に沈むことになるだろうけれど、あたしとしては、その巻き添えを食いたくはなかった。人を巻き添えにするのは好きだけれど、巻き添えにされるのは好きってほどじゃないんだ——巻き込みたいなら、ちゃんと仕事として依頼しろ。というわけで、もうこの任務は『達成不可能』とジャッジして、引き上げるしかないようだった——忸怩《じくじ》たる思いだが、植物相手に気張っても仕方ねえ。もちろん、四神一鏡の連中も、この島を衛星だか無人機だかで四六時中監視しているはずだから、起きている異変についてはあたしが報告するまでもなく把握しているだろうけれど、連中の救助ヘリを待っている余裕はなさそうだ。と言うか、連中が救助ヘリを送ってくれるかどうかも、正直、定かではない。『何が起きているのかはよくわからないけれど、これをいい機会に、哀川潤を始末してしまえ』という寂しい判断をされても仕方ねーだけのことを、あたしはしてるしな——となると、自力救済に限る。山を下りて、海を泳ぐ。陸地までたどり着けるかどうかはともかく、少なくともこの溶岩島（元溶岩島？）から距離を取る。それしかねーだろ。この島には、火口を含めて、もう安全地帯はないのだから。……だとすると、迂闊《うかつ》に山に登っちまったのはまずかった。海岸までの道は、群生する植物に覆い尽くされている——道なんてねえ。寝てたところからここまで、ほんの数十メートル移動するだけで、こんな大変で間抜けな思いをさせられたのに、海岸線までの数キロを、どう走り抜けるのか、それが課題だった。策を練《ね》ったほうがいいだろうか——と、あたしが頭を捻《ひね》り始めたそのとき、『めき、めき、めき、めき』と、嫌な音がした。あたしがよじ登った木の内部から、そんな音が。樹木の幹に耳を当ててみると、『とくん、とくん』と、さながら心臓の鼓動のように、導管を水が登る音が聞こえるなんてロマンチックな話があるけれども、これはそんなもんじゃなかった——単純に、成長しきった木が、立ち枯れようとしているのだった。世代交代が速過ぎる——いや、加速している。どんどんスピードを上げている——こりゃあ明日どころか、今日のうちに、この島は沈むことになるのかもしれない。寿命が短過ぎるが、それを哀れんでいる暇はない——なにせ、あたしが身を任せていた高木が、今にも倒れようとしているのだから。それは立ち枯れでもあるのだろうが、同時に、あたしを振り落とすための最後の手段を、樹木が自ら取ったようでもあった——叩《たた》きつけられる。地面に、ではない。狙《ねら》い澄ましたように、尖った針を全身に備えた、サボテンみてーな植物がにょきにょき生えている地点に、だ。受け身を取ったことで、むしろダメージが増すような具合だった。やべえ。このままだと、本当に殺される——植物相手にムキになっても仕方ねえと言ったものの、むこうはあたしを、枯殺する気満々なのかもしれなかった。

9

我に返ってみれば、『植物に殺される』なんて、杞憂《きゆう》もいいところだ——そんなことがあるわけもない。愛情をもって育てれば植物はそれに応えてくれるとか、植物にも感情や意志があるとか、なるほど、ファンタジーとしては面白いし、一分の理もないじゃあないんだろうけれども、しかしやっぱり、無理がある。それはあくまでも観測者側の視点であり、同じ靴を磨くにしても愛情をもって磨いたほうがぴかぴかになるみたいなもんだろう。当然、植物が原因で死ぬ人間は、いる。食物連鎖のピラミッドなんてえ砂上の楼閣《ろうかく》を完全に無視した猛毒を持つ植物だってある——植物よりも動物のほうが強いとは限らないし、まして動物のほうが植物よりも優れているなんてこともない。連中は圧倒的な数を誇るし、何より、植物は動物がいなくても繁栄できるけれど、動物は植物なしでは生きられない——なにせ、酸素を作るのが植物なのだから。だから、植物が人間を死なせることはある——けれど、そこに殺意があると見るのは、いささか被害妄想が過ぎるってもんだ。人類は勝手に森林を破壊して、地球を生きにくい場所にしちまっただけで、必ずしも大自然から報復的制裁を受けているわけじゃあないんだ——そういうのを、ただの自業自得という。あるいは自殺という。

あたしの行く手を遮ろうとしているようにしか見えない植物の乱立も、あくまであたしがそう思うってだけであって、おそらく奴らはただ、動くものに反応しているだけなのだ——植物にはそういう習性がある。太陽のほうを向いて育つとか、近くのものに巻き付くとかと同じで、周囲の動き、空気の流れに対して反応を示すことがある——その『動くものに対する反応』を、『植物から動物への敵意』だと判断するのは、思い込みを通り越して、思い上がりというべきだ。犬猫にでも、ロボットにでも感情移入しちまう人類の、いつもの悪癖……、だから、余計なことを考えず、余分なことを感じずに、一気に海まで走り抜けるべきなのだが、溶岩島は今や、まっすぐ歩くことすら難しかった。なんとか山を下りたものの、その時点でもう、あたしはありえないくらいにへろへろだった。覚悟していた以上に時間がかかった。山は登るときよりも下りるときのほうが慎重になるべきとか、まさかあたしがそんなマニュアルに従ったわけでもないし、犇めく木々をかわすのに、手間取り過ぎたというわけでもない——途中からあたしは容赦なく、行く手にある木々をべきべきにへし折りながら進むことに決めたからだ。決めたというか、ほとんど余儀なくされたって感じだったけれど——そんななりふり構わない直線直進ルートを取れば、最短の移動時間で海岸線までたどり着けるんじゃないかと思ったのだが、しかし、山を下りたところで、あたしは立ってられなくなったのだ――へろへろどころか、文字通りの這《ほ》う這《ほ》うの体《てい》って奴だった。滅多にそういうコンディションになることはないから、断言はできないのだが――ひょっとしてこれが疲労困憊《こんぱい》って奴なのか？　山を下りただけのことで？　違う――そうじゃない。疲れているどころか、むしろ調子はいいくらいだ――ここまでの道中、森を切り開くこと自体には、ほとんど難はなかったと言ってもいい。だが、調子が良過ぎて、今のあたしは消耗している。エネルギー配分がうまくいかない――調整ができない。ガソリンを供給され過ぎた車の動きが、逆に鈍くなるように。

……酸素、か。回転が速くなり過ぎて、ぴかぴかに冴《さ》え過ぎて、逆にまともな判断ができなくなっている脳で、どうにかこうにかあたしは答を導き出す――ぎりぎりの直感とも言えた。これだけの生態活動をしてみせる植物群が、同規模の光合成をおこなっていると考えないほうがどうかしている――だからこのあたりは、酸素が異様に濃厚になっているのだと思われる。気圧上、酸素が薄かったであろう高山の山頂から急に下りてきたから、その落差というのも、当然あるんだろうけれど――酸素が濃くなっているどころか、これはもう、酸素が酷なレベルだ。大気中における酸素濃度は、平均的に約二割で、この数字は人類が生存する上で、多過ぎても少な過ぎてもいけないらしい。酸素不足がまずいのは当然だが、酸素供給過多も、肉体に大いに悪影響を及ぼす――高濃度の酸素は、肉体の機能を一時的にアップさせるかもしれないが、そりゃあ無理にブーストをかけているようなもんだし、単純に肉体の酸化を加速させる。今のあたしで言えば、強制的に過呼吸みてーな状態に追い込まれているようだ――宇宙や深海じゃあ、酸素の残量に、常に気を遣ったものだったが、まさかその逆の体験までさせられることになろうとは、まったく、至れり尽くせりの、めくるめく冒険譚《ぼうけんたん》だぜ。このまま酸素中毒で動けなくなっちまうのが先か、植物に巻き殺されるのが先か――ともかく、ここから死にものぐるいで移動しないことには始まらないが、あたしにはもう、どっちに行けば海に出るのか、それすらもわからなくなっていた――視界の焦点が定まらない。なんだ、もう、そこまでふらふらなのか？　違った――これは目が潤《うる》んでいるんだ。哀川潤の目が潤んでいるなんてちょっとした事件だが、ここに来て、何か感動的な出来事に遭遇したってわけじゃない。もしもここで石丸小唄がじゃんじゃじゃーんと、あたしを助けに来たのなら、本当に泣いちゃってたかもしれないが、これは単なる生理現象としての涙だった。いわゆる、アレルギーって奴だ――花粉症と言ったほうが通りがいいのか。杉花粉とか、ブタクサ花粉とか……、そんな系統の植物が独自の進化を遂げて、あたしの体内を攻撃しているってのか？　いや、あたしを攻撃しているのは、あたしの抗体か……だったらこりゃあ効果覿面《てきめん》だぜ。あたしの自滅を誘発しているっていうんだから――くそう、視力と体力、その上呼吸を封じられちゃあ、さすがにどうにもなんねーぜ！　それでも奮起して立ち上がろうとしたが、ここぞとばかりに、狙い澄ましたように、蔦があたしを縛り上げにかかってきた——そこへ、大量のしなった枝が、百たたきのようにあたしのボディを乱打する。その際、枝も折れたが、あたしの骨も、何本かいかれちまった感じだった——ばきばきばきばき。ああ、駄目だ。肋骨《ろっこつ》とかはともかく、足をやられたのは痛い——普通に痛いが、状況的にも痛い。やけになって海岸線まで、猛牛のごとく突進するってえ窮余《きゅうよ》の一策は、もう廃案にせざるを得ない。じゃあ、どうすればいいんだ？　ここがあたしの死に場所か？　人類最強の請負人は、植物に負けて終わり？……いやあ、それはどうかなあ。あたしはともかく、これまであたしが相手取ってきた連中が、納得してくれそうにないねえ。人類の枠にとどまらず、宇宙人とか、岩石人とか、ガス状生命体とか、人魚とか——ん？　ガス状生命体？

10

ガス状生命体『ふれあい』とのバトルを思い出したあたしは、すぐさま行動に打って出た——そんな積極的なものではなく、ほとんど反射的な判断だった。『ふれあい』——『フレア』とか『フレーム』とか、あるいは『貧者《ひんじゃ》の一灯《いっとう》』とか呼ばれていた、悪名高き喜連川《きつれがわ》博士の研究成果の、最後のひとつみたいなもので、簡単に言えば、意志を持った炎って感じだ。あれはあれで苦戦だった。炎ってのは、動物にとって、進化の起点であると同時に、今だって恐怖と畏怖《いふ》の対象だから——そしてそれは、植物にとっても、同じだろう。溶岩という石を支配し、征服してみせた驚異の植物群だが、火炎には、太刀打ちのしようがないんじゃないか？　じゃんけんみてーなもんで……、石は木に負けたが、木は火に負けるんじゃないだろうか——火が石に負けるような三竦《さんすく》みが成立するかどうかは知ったこっちゃねーが……、この森林を焼き払うってえのが、あたしに残された最後の手段であるようだった。いや、本当のことを言えば、そんな手段は、残っていない——植物のほうは植物のほうで、そんなあたしの抵抗を、あらかじめ予想しているかのごとく、かなり初期の段階で、あたしからザックを奪っている。あの中にゃあ、マッチやらライターやらオイルやらも入っていたんだが——あたしはそれを奴らに、持って行かれちまっている。振り返ってみれば、あらかじめ対策を打たれていたとしか考えられない——火口を緑で埋め尽くしたのと同じように、『火炎』や『噴火』や『マグマ』に向けて対策を、着実に積み重ねていやがる。火打ち石みてーに、溶岩同士をぶつけて火種を作るってのも無理。その石が、根っこで粉々に砕かれている。火を熾《おこ》そうにも、その手段が見当たらないのだ——あるとすれば、たったひとつだけだった。非常に原始的なものだったが……、あたしは地面へと手を伸ばし、さっきあたしの身体をしこたま打ち据えたときに折れていた枝を拾い上げた——それをそこらの木の幹へとこすりつける。そしてねじ込むように回転させた——ボーイスカウトか何かで習うような、スタンダードな火熾しだ。片手がりがりがりがりがりがりがり——と、一心不乱に、手の内で枝を、ぐるぐる回す。うまく考えじゃあ難しいし、この行為に意味があるかどうかも、もうよくわからない。うまく考えられない——酸素が濃過ぎる。ほとんど生木《なまき》同士をこすり合わせているわけだから、水分が多く含まれていて、発火しにくいことこの上ないし——かつ、仮に火種が熾ったとしても、この木一本を燃やすのがせいぜいだろう。このあたり一帯を焼き尽くすとか、まして島全体の植物を焼き払うとか、そんな規模の火災にはなりっこない。窮地を脱するために、そのスケールの火災を起こそうと思えば、どうにか噴火を誘発するくらいしか手がない。この事案における哀川潤の失敗は、火口付近で目が覚めた段階で、せめて木によじ登って島の全景を把握した段階で、その発想に至らなかったことだ——その時点で、島を焼き払うことを決意し、どうにか手を打って火山を噴火させなかったことだろう。昔の哀川潤なら、百パーセント、そうしていたはずだ——けっ。丸くなるってのも、いいことばっかじゃねーな。つーか、丸くなっていいことなんか、一個もねーぜ。そんなことを思いながら、あたしはがりがりと樹木の幹をえぐり続ける。丸くなろうとどうしようと、諦《あきら》めるってのはねえ——悪足掻《わるあが》きを続ける。それだけは、失うこともなく、変わることもない、あたしっぽさって奴だった。がりがりがりがり――と。そんなあたしの往生際の悪さを封じようとするかのように、蔦やら蔓やらが、あたしの身体に巻き付いてきた――なぜか焦ったように。なんだあ？　悪足掻きさえ許さないってか？　今更木の一本くらい燃やされても、なんてことないだろうに。容赦しねえってことか？　がり。がりがり。ぐる。ぐるぐる。あっと言う間に全身が包まれて、無理矢理引き離されそうになった、ぎりぎりのそのとき。むしろ、腕を後ろにぐいっと引っ張られたことで、その反動が最後の一押しとなって、あたしがあくせく、悪戦苦闘していた木の幹からかすかに煙が起こっ――大爆発した。

11

焼き畑農業ってのは、実は字面《じづら》ほど、自然に厳しい農法でもないらしい。自然を守るため、より合理的に発育させるために、森林の一部を焼いて、栄養のある肥沃《ひよく》な土地を作るというのは、案外、理にかなっているとかなんとか――炎で除草するってのも、どうしてもヴィジュアルのインパクトが強いけれども、しかし全体的に、そして相対的に考えれば、さほど乱暴とは言えないってわけだ。ただまあ、このとき、あたしが名付けるところの溶岩島が見舞われた災難には、そんなエクスキューズのつけようがなかった――焼き払われた、どころの騒ぎじゃない。ほとんど空爆を受けたかのごとく、地表が完全に破壊されてしまったのだから――元々、植物の根っこによって掘り起こされ、形状の変わっていた島の大地は、もう見る影もなくなっていた――全体が真っ黒な影みたいになってしまったというべきかもしれない。あれだけ隆盛をほこった植物群は、もう木も草も花も、根っこの先っぽさえも、消し炭と化していた。まあ、何にもなくなってしまったという意味じゃあ、元に戻ったと言えなくもないのだけれども……、溶岩山も綺麗さっぱり消し飛んでいて、島のフォルムはまったく違うものになっている。『哀川潤の入った建物は例外なく崩壊する』なんて都市伝説がその昔、あったのだけれど、まさか島までも崩壊させてしまおうとは……、ぜんぜん丸くなってねーじゃねーか、あたし。あたしが歩いたあとには、草一本残らねえって、どういうことだよ。尖り過ぎだぜ。文字通りのロックとでも言うのか……いや、ぜんぜん、ここまでするつもりはなかったんだが……、それに、すべてがあたしのせいってわけでもない。あたしはせめてもの抵抗に、木の一本でも燃やしてやれと思ったくらいだ、それで状況が少しでも変わればと、酸素供給過多でまともにものも考えられない頭で、考えただけだ――まさか島全体を、火山よりも酷い規模で、爆発させようなんて気は毛頭なかった。ただ、その酸素供給過多こそが、この惨状の原因である――言うまでもなく。酸素は人間にとってエネルギーであるのと同じく、燃焼のための装置としても働く。　酸素濃度が濃ければ濃いほど、火はあっという間に燃え広がる――だからこそ、あたしの悪足掻きを、植物群は止めようとしたのだろう。ぎりぎり、発火が間に合ったわけだ――ついでに言うなら、あたしをアレルギー状態に追い込んでくれた花粉ってのも、爆発の一因を担ってくれたのかもしれねー。いわゆる、粉塵《ふんじん》爆発って奴――なんのことはない、窮地を逃れたのは、あたしの手柄ってわけじゃねえ。人間が環境を破壊して、自分で自分の首を絞めたのと同じで、これは植物群の自業自得……、自殺みたいなものだった。あーくそ、治るんだろうな、花粉症って。まああたしなら治るか。そんな風に思いながら、大地と同じく黒こげになって、大の字に寝転がっていたあたしは立ち上がる――もう、あたしを縛る蔦も蔓も、根っこもねえ。背伸びをしてから、一面に広がる焼け野原を、三百六十度、ぐるりと見渡す――さて、今回の仕事を、あたしはどう総括《そうかつ》するべきなのか。あの異常な成長を見せた、動物に敵意をもっているとしか思えない植物群の観察日記を、どんな風につけるべきなのか――考えさせられるね。まあ、これを自然界から人間に向けて鳴らされた警鐘として受け取るほど、あたしも素直じゃねえ。たぶん、四神一鏡の連中が深海調査をした際に、海底火山を刺激して噴火を誘発したのなら、その影響が、流れ出た溶岩にも及んでいたのだろう――だから、その溶岩で育った植物には、人智を越えた、しかし人智に基《もと》づく突然変異が起こったと解釈するべきだ。あたしが最初に発見した、あの双葉の若芽……、あれがなんだったのかと言えば、たぶん、四神一鏡のヘリコプターがあたしと共に落としちまった外来種ってところか。機体にひっついていた草の種……、離島に入るときはエチケットとして当然気を遣うべき草の種の『持ち込み』が、あんな風に育ったのだとすると、それはそれで、やっぱり人類の自業自得なのだろう——生態系を破壊する環境破壊。そう思うと、笑えるんだか、笑えないんだか。まあ、とは言え、当面のピンチはなくなったことだし、このまま滞在任務を継続するべきなのかな——とろみに説明したところで、信じてもらいようのない話だし、起こった出来事自体は秘密にしとくとして。どうせ責任の押しつけ合いみたいになっちまうし、それが原因で、テリトリー争いが活発化するのも、あいつらの望むところじゃあねえだろうからな。と、そんな風にまとめていると、ふと、あたしは見つけてしまった。足下に——真っ黒な大地に、小さな緑を。……昨夜、眠る前に発見したのとまさしく同じ、双葉の若芽である——土が真っ黒なだけに、その緑は鮮やかに際だつ。……焼き畑農業、肥沃な大地。植物はすぐに根付くし、あっという間に育つ——そして動物とは比べものにならない、しぶとい生命力を持つ。なるほど、ほとんど不死身だね。厳しい生存競争を勝ち抜いたつもりの人類も、こんなちっぽけな若芽ひとつに敵わない——緑に癒《いや》しを求めるも、緑は勝手に癒される。そんなことをしみじみ感じつつ、あたしはゆっくり、その双葉の隣に腰を下ろす。くくく。ま、あたしはもう行くから、できることなら好きなように、のびのびすくすく、育ってみろよ。
今をときめく温室育ちの人類にゃあ、いい刺激になるだろう。

人類最強のよろめき

1

お前達は小説を読んだことがあるか？　読んだことがないと言われたらびっくりだし、ここで話が終わっちまうが、しかしまあ、慌てるなかれ——ここで言う小説ってのは、なんというか、いわゆる、面白い小説って意味だ。面白い小説ってのは、すげー面白い小説という意味だととらえてもらってちょうどいい。巻おくあたわずっつーのか、明日大事な用事があって、その上そこそこ眠いのに、閉じることがとてもできねえって感じの本だ——残りページを見てみれば、明日の朝までには読み終われそうもない厚さがまだ残ってるってのに、いっそ寝ちゃって、すっきりした頭で読んだほうがよっぽど内容も入ってくるだろうって重々承知しているのに、それでも読むのをやめられねえってえ、そんな小説のことだ。没頭して読んでたら降りなきゃいけない駅をうっかり通り過ぎちゃったとか、シーンが佳境だったから、そのくだりを読むためだけに待ち合わせをキャンセルしちゃったとか、まあ、そういう小説のことだ――名高い賞をもらっててもいいし、どマイナーな絶版本でもいい。純文学でもライトノベルでも、少女小説でもジュブナイルでも、ミステリーでもSFでも、時代小説でも私小説でも、戯曲でも古典でもいい。何でもいい。ともかく、夢中になって、他の何も目に入ってこない深度まで、耽読《たんどく》しちまう小説を読んだことがあるか？

「要するに、いわゆる『自分のために書かれたとしか思えない小説』って奴《やつ》ですか？人生の岐路《きろ》において、その小説を読んだことで、今の自分があるのだと胸を張って言える、座右《ざゆう》の書について話そうとしているんですか？」

誰かさんからのそんな逆質問も聞こえてくるが、その指摘は、半分正解で、残りの半分はまるっきり間違っている――つまり、正解と正反対が、とんとんだ。『自分のために書かれたとしか思えない小説』。いいフレーズだし、読書家にしろ書痴《しょち》にしろ、本好きならばそういう小説を、一冊や二冊は、持っていることだろう――読み終わっても本棚に戻せず、なんとなく鞄《かばん》に入れて持ち歩いてしまうような小説。登場する名文を、メールアドレスやパスワードに採用してしまうような小説。座右の書――だけれど、あたしがこれから話そうとしている『書』は、字面《じづら》上ではそれと同じ概念なのだが、しかし、意味はまったく逆になる。胸を張って言える座右の書ではなく、背中を丸めて白状させられる座右の書だ。たとえば推理小説界の三大奇書のひとつである『ドグラ・マグラ』は、『読めば発狂する』という惹句《じゃっく》で売り出されたそうだけれど、それよりももっと直截的《ちょくせつ》に、読んでしまったことで、人生が狂っちまう本ってのは、普通に存在している——夢中になるあまり、徹夜で読んでしまったことで、翌日の用事を果たせなければ、スケジュールは変わってしまうだろう。没頭するあまりにうっかり降りる駅を逃した挙げ句に、電車事故に遭遇《そうぐう》するケースも、ないとは言えない。本を読むためだけに待ち合わせをキャンセルすれば、普通に信頼を失うことになる。活字ってのは、最初に触れるのが学校の授業だからなのか、どうも『お勉強』のイメージが強いけれど（歩きスマホは非難されても、二宮金次郎《にのみやきんじろう》はフォローされるとか、そんな話だ——もちろん、本を読みながら歩いていて人とぶつかっても、同じように怪我をする）、やっぱりハマり過ぎると実害となるのは、他の娯楽《ごらく》と何ら変わらねえってわけだ——と、当たり前のくだらねーことをつらつら述べたところで、改めて訊《き》きたい。お前達は小説を読んだことがあるか？　面白い小説を読んで、『自分のために書かれたとしか思えない小説』を読んで、自分の人生を台無しにしちまったことがあるか？　あるのなら、このまま読み進めてもらって構わないし、なくても、このまま読み進めてもらって構わない。ただ、たぶんあたしは、最後にもう一度同じことを訊くと思う。

2

ER3システムのニューヨーク支局支局長である因原《いんぱら》ガゼルと、四神一鏡《ししんいっきょう》の一角である檻神《おりがみ》家のエリート職員である長瀞《ながとろ》とろみが、揃《そろ》ってあたしの元を訪れてきたんだから、今回の仕事はその時点から、ただならない様相を呈《てい》していたと言える。なぜなら、あたしを世界規模で敵に回したときに同盟を結びはしたとはいえ、ER3システムと四神一鏡は、経緯上、本来は犬猿の仲だからだ――『殺し名』や『呪い名《まじな》』、玖《く》渚《なぎさ》機関も含めて、今のところは宇宙開発やら深海探査やらで、どうにかこうにか呉越《ごえつ》同舟《どうしゅう》が続いているけれど、遠からず破綻《はたん》するであろうことは、目に見えている。あたしとしては、連中が喧嘩してってくれたほうが面白いんだけれど、しかしそれだけに、こうして足並み揃えて参上しやがられると、これはこれでわくわくを禁じ得ない。くせ者のふたりが、奇妙に神妙な顔つきをしているとなれば、なおさらだぜ――ただ、黙って向かい合うのも、五秒が限界だな。何の用だ？

「もちろん、仕事の依頼ですよ。あなたに対して、他に何をすると言うのです？」

ガゼルが突《つ》っ慳貪《けんどん》な口調で言う。他に何をって、そりゃ、敵対してくれても攻撃してくれても、ぜんぜんいいんだけれど。だけど無視だけはしないでね。泣いちゃうぜ？

「そういう冗談に、できれば付き合ってさしあげたいところなのですが、事態は急を要するんです、潤《じゅん》さん」

とろみが身を乗り出すようにして、あたしとガゼルとの間に割って入った。ここのところ、哀川《あいかわ》潤係として、各所とあたしとの連絡窓口を務めていただけあって、段取りがいい――思えば、初めて会ったときは可愛《かわい》らしいお嬢さんだったのに、ずいぶんと成長したもんだ。若者の成長を喜ぶほど、こちとら素直じゃねえけどな。知らねえよ、急を要するんだったら、最速の探偵にでも依頼すりゃあいいんじゃねえの？　あたしは最強であって、最速じゃあないんでね。

「その最強に頼りたいのですよ。はっきり言うと、不本意なのですが」

ガゼルはマジで不本意そうだった。まあ、ガゼルには以前、ほんのちょっぴり行き過ぎた迷惑をかけたことがあるので、嫌われてるのは仕方がねえ。あたしは好きだけどな。

「誤解しないでください。個人的感情を差し挟んでいるわけではありません――身内の恥を晒《さら》すようで気まずい思いをしているだけです」

もちろんあなたのことは嫌いですけれどね、と付け加えることも忘れず、しかし、きっぱりとガゼルは言い切った。身内の恥？　てことは、今回は四神一鏡じゃなくて、ＥＲ３システムがらみの仕事ってことか？

「はい。そうなります。長瀞さんには、仲介をお願いしました。あなたと即座に、それも直接コンタクトの取れる人間なんて、今やほとんどいませんからね」

ふうん。ＥＲ３システムが、四神一鏡に、お願い――ねえ？　ま、知的探求のためなら、倫理にもプライドにもとらわれず、何でもする連中だからな。それを言うなら、どの面下げてあたしに仕事を依頼してんだって話だし。

「ひとつ、訂正させていただきますと」

と、とろみ。

「私も、私の所属する檻神家も、ひいては四神一鏡も、決して、この件に無関係というわけではありません――この件に無関係な人間なんて、地球上にはいません」

おいおい、全人類規模のトラブルかよ。またぞろ、宇宙人でも落っこってきたのか？　植物やら深海魚やらガスやらに、人類が侵略を受けているとでも言うのか？勘弁して欲しいね。そう何回も何回も、世界を救ってやらねえよ？

「侵略を受けているわけではありません。そんなこと、そう何度もあることじゃありませんよ。あなたのいない場所では」

ことあるごとにキツめの皮肉を付け足すところを見ると、ガゼルも調子が出てきたようだった。そして彼女は、「もっと、よくある出来事です」と、続ける。

「人類の自滅です。それをあなたに阻止《そし》していただきたい」

確かにそりゃあ、よくある出来事だ――『ある日突然、宇宙人が攻めてきて』なんて話よりは、よっぽどありふれている。まあ、ここんところあたしが出張っていたあれやこれやの中にも、大きな意味じゃ、人類の自滅の範疇《はんちゅう》だって奴も、相当数含まれていたけどな。

「今回は直接的な自滅ですよ。公害と言っていいでしょう――哀川さんは、小説って読まれますか？」

あん？　公害という言葉に身構えたところに、いきなり世間話みてーな問いが投げかけられたので、あたしはぽかんとなっちまった――危うく、『哀川さん』と呼ばれたのを聞き逃しちまうところだったぜ。ガゼルはわざとそう呼んだに決まっているけれど、再会を祝して、あるいはほとんど形骸化《けいがいか》したイニシエーションとして、一応言っておこうか。あたしのことを名字で呼ぶな、名字で呼ぶのは敵だけだ。

「失礼。他意はありません――実のところ、いっぱいいっぱいでして。すみません」

意外なことに、ガゼルはそんな風に謝罪した。そして殊勝《しゅしょう》にも言い直しやがった。

「潤さんは、小説って読まれますか？」

……それでも問いの内容は変わらなかったが。あたしはとろみのほうを向いて、アイコンタクトを送る――『何これ？』。さすが共に月まで行き、何度も生死を共にした元相棒、すぐさまアイコンタクトが返ってきた――『冗談でもそんなことは言わないでください！』。ぜんぜん通じてねえ。読心術覚えろ。仕方なく、あたしはガゼルの質問に答えてやった。そりゃあまあ、人類最強の請負人《うけおいにん》だって、小説くらい読むよ。

「さようですか。ちなみに、最近はどのような小説を読まれたのですか？」

これは単なる興味みたいな質問だったが、乗りかかった船だし、駄々《だだ》をこねずに答えてやった――えっと、最近読んだのは、『一流アイドル殺人事件』って推理小説だったっけな。

「な、なんですか、それ？」

ガールズアイドルグループのファンの女の子が、ひょんなことからステージにあげられるって話でよ。メンバーがひとり足りなくなったから、急遽《きゅうきょ》グループに加入させられたわけだが、どうやらその足りなくなったメンバーってのが、密室で殺されていたらしいんだよ。びっくり仰天だろ。女の子がアイドル活動を続けながら、その謎を解いていくってえミステリー。二十年前くらいに書かれた小説らしいけど、結構面白かったぜ。みよりちゃんが勧めてくれた。ただし、シリーズ二作目の『二枚目俳優殺人事件』は駄作だそうだ。

「みよりちゃんって、軸本《じくもと》みよりですか？　あの子も変わった小説を読んでますね……」

コメントしづらそうなガゼルだった。彼女の立場では、まごうことなき『天才』であるみよりちゃんを悪く言うことはできないのだろう――天才であろうとなかろうと、人がどんな本を読んでいても、それを横からごちゃごちゃ言う権利なんて、誰にもねーけどな。活字離れと言われるこの時代に、小説を読んでるってだけでも立派なもんだぜ。天才で可愛いあの子の、子供っぽい側面もみれたみたいで、一安心だしな。で？　それがどうした？　質問はそれで終わりか？　知りたいってんなら、次に読む予定の小説も教えてやるぜ。同じくみよりちゃんご推薦の、『殺意のホームランバッター』ってタイトルでな。ホームランボールが頭に直撃して、外野席で応援していたファンが死んだってえ事故が、実は計画された殺人事件だったってミステリーらしいんだが、あらすじを聞いただけでそそられるぜ。

「今のところ、軸本さんが際物のミステリーが好きだという情報しか入ってきませんけれど……」

と、とろみがおずおずとあたしに言う。

「潤さんは、どんな小説が好きなんです？」

どうだろうなあ。その二冊もそうだが、勧められたもんを、その都度読むって感じだぜ。そいつがどういう小説を好きなのか、それも気になるしな。相手が好きな小説を読むっていうのは、あたしなりのコミュニケーションの手段なのかもしれねーな。

「…………」

冗談だぞ？　ふたりして真顔になってんじゃねえよ。いちいちそんなこと考えながら、本なんて読んでねえよ。

「それを聞いて安心しました。それが本気なら、いささか本題に入りにくくなってしまいましたので――潤さんが書籍に対してそれくらいの距離感でいてくれるなら、こちらもお願いしやすいです」

んん？　なんだその変な言いかた。別にこっちは、頼んでまでお願いして欲しいわけじゃねえぞ？　頼んでまでお願いして欲しいって、なんだかこれも、変な言いかただけどよ。

「いえ、どの道お願いはさせてもらうつもりです。どの道と言っても、他に道はありませんから――一本道ですから」

ガゼルは言う。

「ただ、潤さんが無条件に、そして感傷的に、本が好きで好きで仕方がないという人じゃなくてよかったと、こちらの都合で勝手にそう思っただけなのです――なぜなら、今回、あなたが戦うことになるのは、まさしくその、小説なのですから」

は？　『小説』と『戦う』？　あたしの反応《はんのう》に、ふたりは揃って頷き、声を揃えて言った。

「潤さん。活字を滅ぼしてください」

3

あたしが請負人という仕事を始めてから、もう長い。どういった経緯で請負人を始めたのか、それを語るべきときは今じゃあねえけれど、開業してから今まで、どれだけの数の依頼を請け負ってきたか、いちいち数えたことはねえ——数えたことはねえけれど、まあ、千や二千じゃ利《き》かないだろう。中には、世間的には誉められた内容じゃなかった依頼もあったし、ぶっちぎれてるあたしから見ても『どうなんだろうな』って思うような依頼だって、状況によっちゃあ引き受けた。モラルや法律、常識や道徳に縛《しば》られて、仕事を選《よ》り好みしたことはねえつもりだし、それをやっちゃあおしまいだと思ってる——もしもあたしが、自分の仕事に誇りみたいなものを感じる点があるとすりゃあ、その一点に尽きるだろう。『こだわりがないのがこだわり』なんて言うつもりはないとしても、面白そうだったら何でもやってきた。その結果、やらかしちまった回数も、千や二千じゃ利かないと思うし、そんな『哀川潤の失敗』を、悔いたことがまったくないとも言えないが、そんな姿勢を改めようとは考えない——昔も今も、面白そうだったらなんでも引き受ける。と、にやりと笑ってそう返したいところだが……、はあ？　活字を滅ぼす？

「はい。活字を滅ぼして欲しいんです」

ガゼル、とろみ。あのさ、お前達さ。それをあたしが、『わあ、面白そう！』って言って、やると思うのか？

「おや。さすがの人類最強も、活字文化を破壊するとなれば、倫理的なブレーキがかかりますか」

いやいや、支局長さん。ここぞとばかりにしたり顔で挑発されても、別に『ぐっ……！』ってなんねえよ。あたしは請負人であって、破壊神とかじゃねえんだよ。

「破壊神みたいなものだと思いますけれど……」

なんか言ったか？　とろみちゃん。

「何も……、安心してください。私達がおかしくなってしまったわけじゃあありません。活字をすべて、あまねくぶっ壊していただきたいと言っているわけじゃあないんです」

そりゃあ重畳《ちょうじょう》。そんな仕事の、どこを面白がれって言うんだよ。あたしの愛するコミックだって、吹き出しの中は活字だっつーの。

「そうですね。小説だけが活字ではありません――私の大好きな論文も、もちろん活字です」

ガゼルがそんなとぼけたことを言う。いや、これに関しては、うっかりこぼれた本音なのかもしれない。とろみはともかく、こいつこそ、普段から小説を楽しんでるって感じじゃないもんな。知らない誰かのついた嘘《うそ》を読んで何が楽しいんだとか言っちゃうタイプだ。

「文字を持っていることが、人類の発展に寄与してきたことは紛《まぎ》れもない事実です——文字があるから記録ができて、繋《つな》がった記録が文化を発展させた。まあ、こんな文化論、あえて大上段に構えて言うようなことではありませんが。……ですから、潤さんに破壊をお願いしたいのは、具体的にはたった一冊の本なのですよ」

たった一冊の本。

「はい。たった一冊です。ただし致命的で、確実に人類を滅ぼしうる小説です。築いた歴史も文化も、根こそぎ台無しにするような」

活字を滅ぼすか、人類が滅びるか。なんだか大仰《おおぎょう》になってきたな。まあ、そういうことなら聞いてやるよ——確かにあたしは、本や活字を大事にするってほうじゃねえし。で、あたしにどんなビブリオクラストになれってんだ？　そんな呪いの権化《ごんげ》みてーな小説があるってのかよ。

「『ある』と言うより、『作られつつある』と言うべきでしょうね——現在進行形で。既にお察しのこととは思いますが、発端《ほったん》は我らがＥＲ３システムです」

促《うなが》されて、ガゼルは言う。渋々って感じではないが、少なくとも、誇らしげではない。自分の属する組織の功績だっていうのにな。

「ええ。功績ではなく、罪過ですから――大罪ですから。ただまあ、そういう研究を許す風土こそが、ER3システムの根幹ですし、私も『彼女』を非難はできません」

「ふうん。『彼女』ねえ？　ER3お抱えの小説家さんかい？　それとも評論家さんかい？　いずれにしても、かの組織が、まさか文学の研究までおこなっているとは知らなかったぜ。

「小説家でも評論家でもありませんね。強《し》いて言うなら、マネージャーやエージェント、エディターと言ったところでしょうか――名前はコーヒーテーブルです。ドクター・コーヒーテーブル」

　とろみが教えてくれた。教えてくれたものの、まだぴんとこねーな。ドクター・コーヒーテーブル？　聞いたことねーよ。

「新進気鋭の若手研究員でしてね。それだけに、怖いもの知らずです――元々は、『究極の小説』を求めて、ER3システムに入所した、プログラマーです」

　ばりばり理系じゃん。

「そうですね。当世風に言うなら、リケジョという奴です」

　当世風って言いかたが当世風じゃねえだろ。リケジョって言葉も、あんま好きじゃねえな。研究者に対する敬意を感じねえぜ。

「確かに。しかし、ドクター・コーヒーテーブルは、敬意に値する若者ではありませんでしたよ。だからこそ、ER3システムに漂着したとも言えますが——そもそも、彼女がやろうとしたこと自体は、ありふれたプランだったのですよ。世界中のラボでおこなわれていることです。人間ではなく、コンピューターに小説を書かせようという研究です」

はあん。人間のチャンピオンよりも腕の立つチェス・マシーンを組み立てたり、ランダムで音楽を生成するプログラムを作ったりするのと、同じような発想か。まあ、独創的とは言えないわな。

「はい。端的に言うと、ドクター・コーヒーテーブルは、『将来、ロボットが奪うことになる職業』リストの中に、小説家を加えようとしたんです——締め切りもロクに守れないような自堕落な個人に生産のすべてを委《ゆだ》ねるのは、効率が悪いというのが、彼女の見解でして」

毒舌《どくぜつ》だね。ただ、作者と作品は別物だろう？

「ええ。別物なんだったら、いっそ作者はいらないんじゃないかと、彼女は思ったようです。機械で代用できるなら、すぱっと代用すべきであると」

言ってることはわかるが、それで面白い小説ができあがるのかよ？　なんか聞いたことあるぜ。猿にタイプライターを打たせ続けたら、そのうちシェイクスピアが書き上がるんじゃないかって実験——それと大差ないんじゃねえの？

「それが大差をつけてしまったんですよ。性格に問題はあれど、ドクター・コーヒーテーブルは、間違いなく天才だったんです」

さっきからやけに過去形だね。何、死んだの？

「あ、いえ、そういうわけでは――ただし、天才としてのドクター・コーヒーテーブルは死んだかもしれません。今は、マッドサイエンティスト・コーヒーテーブルと言うべきでしょうから」

ＥＲ３システムにはマッドサイエンティストしかいねーだろうがと突っ込みたくなったが、まあ、真剣に言ってるみたいだから、聞き流しておこうか。つまり、そのリケジョは、自動筆記の小説家マシンを完成させてしまったってことかい？

「完成させたプログラムの水準から言うと、リケジョと言うより魔女ですね」

とろみが、珍しく洒落《しゃれ》たことを言った。自分の組織の不祥事じゃないだけ、余裕はあるのかもしれない。だが、まさか、小説家マシーンの完成により、大量の失業者が出ることを危惧して、あたしにそのプログラムを破壊しろと言っているわけじゃあるまい。そんなタマかよ。

「ええ。特定の職業を取り立てて保護しなければならない理由もありませんし……、むしろそんなプログラムの成立は、人類の更なる進歩に役立つはずだと、当初は考えられていました――ただ、検証実験を進めていくうちに、とんでもない問題点に突き当たりました」

なんだよ。作られた小説が、読むに堪えない駄作だったとか？

「逆です。面白過ぎるんです」

4

面白過ぎる。結構なことじゃねえか、それのいったい何が問題なんだとあたしは言い返したが、しかしガゼルの面もちは神妙なままだった。

「面白過ぎて、寝食を忘れて読みふけってしまうような傑作が、そのプログラムを走らせれば、出来上がってしまうんです――これがどういうことか、わかりますか？」

わかんねーよ。いいこと尽くしじゃねえのかよ？　ガゼルの思わせぶりな物言いに、あたしが苛々《いらいら》してきたのに気付いたらしいとろみが、「潤さん」と、横合いから注釈を加える。

「よく考えてください。寝食を忘れて読みふけってしまうんですよ――比喩《ひゆ》でなく」

比喩でなく？　寝食を忘れて？　え？　それって、死んじゃわない？

「ええ。死んじゃいました」

柔らかく、冗談めかして訊いてみたものの、返ってきたのは、そんな答だった――

死んじゃったの？　小説を読んだから？　それも、比喩じゃなくって？

「はい。比喩じゃありません。現状で既に、数百人単位の死人が出ています。衰弱して危篤《きとく》状態にある入院患者の数まで含めれば、小さい村ひとつ分の人口くらいに匹敵する人数が被害者となっています——今のところ、情報統制を敷《し》いていますがね」

ははあ、ER3システムの十八番《おはこ》だもんね、情報統制。しかし、それにしても、数百人死んでるって、すげーな。それってもう兵器じゃん——読んだら死ぬ本か。それは実験の失敗ってことかな？

「あくまでも『小説』筆記の実験としてとらえるならば、成功と言うべきでしょうね」

ガゼルは応える。

「厳密に言うと、読んだら死ぬわけではありません。読んでいる間、寝ることも食べることも忘れてしまうから、結果、死ぬんです。もちろん、症状に個人差はありますから、死ぬまでは到らない『読者』もいますけれど、それでも、ずっとその小説を読み続けようとしますから、それまで通りの日常生活はとても送れませんね。健康は害されますし……、極めて中毒性の高い嗜好品《しこうひん》と言えば、わかりやすいでしょうか」

凄絶な話だな。それが本当だとしたらだが。

「心外ですね。私をお疑いですか？」

ガゼルが鼻白《はなじろ》んだ風に言うが、別にお前に信用できるような要素はないだろ。築いてねーだろ、信頼関係。いや、だって個人差って言うなら、もっと根本的なところで、ズレが生じるはずじゃねえのか？

「と、言いますと？」

とぼけんなよ。一口に『面白い小説』って言っても、それは個人個人、好みってもんがあるはずだろって言ってんだ──みよりちゃんは際物のミステリーが好きみたいだが、それが人類に共通する普遍的な面白さってわけじゃないのは当然だ。言語の違いは、翻訳《ほんやく》ソフトでなんとかなるにしたって、あたしが面白いと思う小説は、ガゼルやとろみの面白いと思う小説とは、必ずしも一致しねえだろ。読者全員に支持される小説なんて、たとえコンピューターの手を借りたとしても、実現可能なのか？　どんな褒め言葉にも、それに対応する批判がつきものだろう。

「手を借りたんじゃないです。すべて、コンピューターがおこないました──執筆しました」

細かい点を修正してから、

「お尋ねの点は、ごもっともです。先に説明しておくべきでした」

と、ガゼルは言う。

「その小説は、一人一人の好みに合わせて、自動生成される小説なのです」

自動筆記による自動生成。ん。まだわかんねーな。

「『読者』の反応をうかがいつつ、リアルタイムで書かれる小説——もしも『ドグラ・マグラ』の向こうを張って帯に惹句をつけるなら、『あなただけのために書かれた小説』ということになるでしょうね」

もっともその本には帯はありませんけれど。そんな風にほのめかすように言われて、ようやくあたしは、思い至った——なるほど、そういうことか。本とか言われたから、迂闊《うかつ》にも取り違えていたが、ドクター・コーヒーテーブルが書いた……、じゃねえ、プログラムに書かせた小説ってのは、電子書籍なのか。つまり、原始的な紙じゃなく、デジタルデバイスを通して読むタイプの書籍——活字。考えてみりゃ、機械に書かせるなら、そういうアプリケーションにしちまうほうが手っ取り早い。

「そうですね。アプリの形で配布される電子書籍という風にイメージしてもらえば、近いかもしれません」

言いながらガゼルは、背広のポケットからスマートフォンを取り出した。そして液晶画面の上にある、インカメラのレンズを指さす。

「ドクター・コーヒーテーブルが着目したのは、このカメラです。このカメラで定点撮影することによって、画面に表示された文章を読む読者の、リアルタイムな反応を観察することができる——まあ、読心術をお使いになる潤さんには、言うまでもないことかもしれませんが、表情の観察は、双方向コミュニケーションの基礎ですからね。『読者』は『作者』の小説を読み、『作者』は『読者』の表情を読む——気取って言うなら、そんな感じでしょうか」

言うなら、ページをめくる直前まで、生成プログラムは、『読者』の反応を観察し、分析することができるってわけだ——そしてその結果を参考に、次のページを即座に『執筆』することができる。そりゃあ確かに、人間にゃあ真似《まね》できねえ速度だな。真似してんのは機械のはずなのに。

「内容を個人の好みにアジャストすることはもちろん、フォントの大きさやルビの振りかたに到るまで、『読者』に合わせられるというわけです——年齢、性別、健康状態に合わせた文章を作るという、『読者』のリーダビリティに即した恐るべきホスピタリティと言うべきでしょうね。当然ながら、収集したデータは、全体で統合されて、更に精度をアップさせていくことになります」

プログラムは単体でも、無限の生産力を持つ『小説家』ってわけだ——究極の小説か。『死ぬほど面白い小説』ってフレーズも、いよいよ現実味を帯びてきたぜ。

「実際、死んじゃいましたからね。いっぱい」

言って、ガゼルはスマートフォンをポケットにしまった。別に、その中に問題のアプリが入っていて、実践してくれようという展開ではなかったようだ——当然か。ガゼルみてーな危機管理の専門家が、そんな危険なアプリを、自分のスマートフォンの中にインストールしているはずもねえ。

「現代だからこそ、成り立った小説とも言えますがね。情報化社会の熟成によって、人間の中身が、だいぶん可視化されましたから。どんな人が、何が好きで何が嫌いか、一昔前よりも、相当わかりやすくなりました」

データが出揃ったので、『究極の小説』の執筆が可能になったってか――しかし、だったら、安全装置だって、ちゃんと設置できそうなもんだろう。プログラムに執筆させるにあたって、寝食を忘れない程度の、ほどほどに面白い小説を書くように設定しておけば――するわけねえか。

「ええ、するわけありませんね。ＥＲ３システムの研究者ともあろう者が、己《おのれ》の探求心をセーブするようなことは――目指すのはあくまでも、究極です。ただし、あくまでもそれは、研究室の内部においてのみ、許される姿勢ですよね」

ガゼルはそんなことを言うけれど、どうなんだろう、組織の中には、そう思ってねー奴も、結構いると思うぜ。昔に比べりゃ過激思想も多少は薄らいだようだが、それでも、三つ子の魂《たましい》百までだ――まあ、ガゼルはその辺に線を引いているらしいってのは、事実として受け止めてやってもいいか。なんだよ、つまりドクター・コーヒーテーブルは、研究室の外に向けて、そのプログラムを発表しようと企ててるのか？

「ええ。一般社会への無料配布を目論《もくろ》んでいるようです」

つまり大量虐殺《ぎゃくさつ》を目論んでいるんだね、わお。

5

該当のプログラム、言うなれば小説家プログラムの正式名称は『ライト・ライター』と言い、ドクター・コーヒーテーブルは、そのプログラムを走らせることによって生成される該当の小説を、総じて『パブリック・ブック』と名付けたらしい。なるほど、確かに、小説家になろうって人間のネーミングセンスじゃねえ。それに、訳してみりゃあ、『正しい小説家』と『みんなの本』？　小説家はともかく、間違っても、政治家になっちゃやならねえ思想の持ち主であることがうかがえる。『正しい』って。『みんな』って。エンターテインメントだろうとアートだろうと、やべえだろ。

「もう少し詳述致しますと、『ライト・ライター』は、統計学に基《もと》づいて小説を書くシステムなのです。まず前提として、古今東西の、あらゆる『小説』を電子化し、所蔵しています」

データバンクってことか。いや、ものが本なのだから、データライブラリーと言うべきかもしれない――電子図書館。それだけだったら、それもまた、世界中で競争みたいにおこなわれている試みのひとつでしかないだろう。

「仰《おっしゃ》る通り。ドクター・コーヒーテーブルは、元々ER3システム内で進められていたそんなプロジェクトに、目をつけたんですよ。それら大量の電子書籍を、感想や評論と照らし合わせながら分析することで、どういう小説が、どういう風に面白がられているのかを、特定することができると考えたのです――特定できれば、特化することもできる」

『面白い小説』ではなく、『面白過ぎる小説』の、レシピができあがりってわけかい。レシピっつーか、その段階じゃあ、まだカルテだがな。

「これは言うまでもなく、小説でないと、できないことですけれどね」

とろみが肩を竦《すく》めた。

「同じ活字であっても、ノンフィクションやハウツー本、専門書のような書籍では、それをどう分析したところで、『次の一冊』を執筆することはできませんからね。クリエイティビティを発揮したら、嘘になっちゃう分野ですから。ただし、参考文献としては、それらのデータも、これ以上なく役には立ちます」

なるほど。

「同じ物語ということであっても、潤さんがお好きだと仰る漫画も、分析するのは難しいでしょうね。グラフィック・ノベルとは言っても、あちらは絵の世界ですから」

ふうん。まあ確かに、あの絵とあの絵が人気があるから、それを同じ漫画内で両立させようってのは、無理があるよな。将来的には可能なのかもしれねーけれど、パターン数が段違いになる『絵画』の分析には、活字の分析よりも、時間がかかりそうなイメージがあるぜ。

「その『将来』が、このままではないという仕儀なのですけれどね——もちろん、映画やドラマ、アニメなど、映像の物語の複雑性については、言うまでもありません。それもまた、安全にプログラムを運転し続けていれば、いずれは、CGで生成できるようになるのかもしれませんが……、ただし、ドクター・コーヒーテーブルは、そういう方面への発展については、あまり興味がないようでした。あくまでも活字にこだわったようです」

ふん。まあ、『興味がある研究については、あらゆる倫理に縛られない』という以上に、『興味のないことはしない』というのは、ER3システムの人間の、金科玉条《きんかぎょくじょう》だからな。頑として宇宙人の研究にかかわろうとしなかった、某おじいちゃんを思い出すぜ。

「彼女の、活字に関する強いこだわりをもっと早い段階で読み解けていれば、こちらも何らかの対策を打てたでしょうが、残念ながら、遅きに失しました。私の権限で、ストップをかけようとしたんですけれど——」

ガゼルはいったん言葉を切ってから、

「――それを察したドクター・コーヒーテーブルは、籠城《ろうじょう》しました」

と続けた。

「会議や諮問《しもん》会への出席を拒《こば》み、己のラボに、閉じこもったのです――こうなると、もう公式な手出しは不可能です。私の権限は及びませんし、七愚人《ななぐじん》でも所長でも、彼女の邪魔をすることはできません。個々の研究者の領分を侵《おか》すことは、我々にとってはタブーですから」

だろうね。いささか大袈裟《おおげさ》な物言いにはなるけれど、かの組織の研究者は、それぞれ、『世界を滅ぼす権利』を持っていて、互いにそれを尊重《そんちょう》しているのだ――もちろん、組織の体《てい》をなしている以上、ある程度のレギュレーションや命令系統はあるとしても、最終的な実行権と絶対的な拒否権は、決して失われることがないのである。だからこそ、そういった場所から『人類最強』や『人類最終』は生まれえたのだと、やや皮肉混じりに語ることもできる。

「プライバシーが命よりも尊重される個人ラボの中で、ドクター・コーヒーテーブルは着々と、『パブリック・ブック』の公開計画を練《ね》っているはずです――残された時間は、多いとは言えません」

どんなコンピューターウイルスよりも凶悪なアプリケーションが、世界中にばらまかれようとしています――とガゼルは、無力感と共に言った。

「コンピューターウイルスならば対策も打てますけれど、まさか『面白過ぎる』という理由で、小説を規制するわけにはいきませんよね。表現の自由というものがありますから」

最後の一文は冗談なのだろうが、とろみの言っていることは、事態の危険度を、よく表していた——便宜上『面白過ぎる』という観点でのみ語られているけれど、もちろん『パブリック・ブック』が分析結果を反映しているのは、それだけの尺度ではないのだろう。どんなあらすじの小説が『泣かせ』、どんな展開の小説ならば『驚かせ』、どういう人物が登場する小説が『好かれ』るのか、こと細かに『読者』の反応をリサーチし、次のページを生成する。なんだか、秒単位でおこなわれる連載小説って感じだ——下手すりゃあ小説として破綻してしまいかねない危うい綱渡りだが、もちろん、どの程度の『ゆらぎ』までが許容範囲なのかも、統計学と臨床《りんしよう》観察によって、適切な値《あたい》を導き出しているに違いない。逆に、がちがちに整合性が取れている小説が優れているのかって言えば、必ずしもそうじゃねえからな。

「表現の自由というのも、それぞれの文化圏によって違う価値観ですけれど、それについても、スマートフォンの位置情報サービスで、精密なアジャストが可能となります。ソフトを起動させるときに入力する個人情報も、『ライト・ライター』にとっては、欠かせない前提条件となりますね」

というわけで、とガゼルは切り上げた——その強引さは、これ以上の専門的な説明をしている時間はないと、言外に言っているようだった。

「哀川潤さん。非公式ながら、あなたに頼るしかなくなりました——活字を滅ぼしてください。まるで生命のように活動する——作家活動をするプログラム『ライト・ライター』の筆をへし折って、『パブリック・ブック』という小説を、焚書《ふんしょ》してください」

自由を愛するこのあたしに、機械が相手とは言え、言論弾圧をしろってか。

「気が進みませんか？」

おずおずと、とろみが訊いてくる——仲介者であるとろみは、究極的にはあたしが是《ぜ》と言おうと非と言おうと関係のない立場なのだが、人類の存亡の危機となれば、静観もしていられないのだろう。友達の不安を払拭《ふっしょく》してやろうと、あたしは、いや、面白そうだ、と答える。大いに気が進むと。ドクター・コーヒーテーブルはもちろん、その本自体にも興味がある——だから引き受けるのにやぶさかじゃねえ。だけど、どうしてあたしなのかってのは、気にかかるな。

「…………」

因原ガゼル支局長としては、研究者の権利を侵害するわけにはいかないってえ事情はわかるとしても、だからって即座に、あたしに対応を依頼することはないだろう。他にも色々、こういう場合に備えたマニュアルがあるはずだ。あたしに頼るのは、お前にとっても積極的に取りたくはない最終手段だろうに、どうしていきなり、手続きを一足飛びに、四神一鏡に助力を仰いでまで、あたしに依頼しようと思ったわけ？

「……理由はふたつ。ひとつ目の理由は、お察しの通り、時間がないからです。失敗している暇がないんです——事態に対して、最善の手を打つしかありません。最強ゆえの、最善です」

ふうん。そこはまあいいや。どっちかっつーと、第二の理由のほうが肝要なんだろうし。

「『ライト・ライター』が、インカメラで『読者』の反応をリアルタイムでうかがいながら、文章を生成するプログラムであることは、重ね重ね説明しましたよね？ その解析プログラムは、大量の小説を統合して分析するプログラムとは、まるっきり別の仕組みになっていまして——当然ながら、文章の解析よりも、表情の解析のほうが、ずっと手がかかるわけです」

そうだったな。だから映画やらの映像作品の分析は難しいって、そんな話も出ていた——単純な顔認証システムじゃあ、誤認も多そうだ。

「ええ。かと言って、『ライト・ライター』とは別のプログラムを、一から開発するのは、あまりにも手間がかかるということで、ドクター・コーヒーテーブルは、ER3システムに眠る過去の遺産を発掘し、再利用することにしたのです」

過去の遺産？ いやちょっと待て、今なんの話をしてるんだ？ 因原ガゼルが恥も外聞もなく、このあたしに依頼した理由を訊いたはずであって、作家プログラムの構成要素について、質問したつもりはなかったんだけれど？

「私の表情を見れば、もうほとんど、おわかりでしょう？　だってあなたは読心術が使えるんですから——そして、あなたと同様に読心術が使えるロボットが、かつて、ER3システム研究所には存在していたことを、他の誰が忘れても、あなたが忘れるはずがないでしょう。もっとも、正確にはあの頃の組織は、ER2システム研究所でしたか——今以上にアナーキーで、今以上にどんな研究でも許されていた、黄金時代」

待てよ。ガゼル、お前、何を言おうとしてやがる？

「由比ヶ浜《ゆいがはま》ぷに子《こ》。あなたの妹とも言うべき、あなたを模《も》して作られた人造人間——過去の遺産であり、負の遺産。そのOSとして採用されていたプログラムが、『ライト・ライター』の読心術に、転用されているのです」

だからあなたに依頼するんです。因原ガゼルはそう言った——あたしは何も言わなかった。

6

かつて死闘を繰り広げた妹が、時を経て小説家としてあたしの前に現れるというのは、果たしてどういう感想を持っていいのかわからない、絵空事めいた出来事だったが、公式な記録には一切残っていないあの秘密兵器のことを、ここで紹介しておかないわけにはいかない——不肖《ふしょう》の妹・由比ヶ浜ぷに子。生体物質がまったく使われていない、正真正銘のロボットだ。ガゼルは、あたしを模して設計された人造人間だと認識しているようだが、それもまた、あんまり正確じゃあない。あたしという人間兵器を作った三人の父親が、別ルートで進めていたプランBの産物であり、結果としてあたしとぷに子が、似通ってしまっただけだ。それでも、あたし達『姉妹《しまい》』の決闘が、骨肉の争いだったことには違いないだろう——実際、一度は殺された。あたしは二度、あいつを破壊した——まさか三度目があるとは思わなかったが。けっ。人気キャラでもねーのに何回生き返ってんだよ。

「まあ、ドクター・コーヒーテーブルがかなり恣意《しい》的にプログラムを改変していますから、由比ヶ浜ぷに子の由比ヶ浜ぷに子らしさは、まったく残っていませんけれどね——自律プログラムではありますが、あくまでも、『ライト・ライター』の『目』として、機能しているということです」

ガゼルはそう続けたが、しかし、それでも十分な驚きだぜ——あたしはあいつを跡形もなく、コードひとつ残さず、消去し尽くしたはずなのに。ドクター・コーヒーテーブルは、うちの馬鹿親父どもに匹敵《ひってき》するくらいのマッドサイエンティストだってことなのかね。あんな連中、空前絶後だとばかり思っていたけれど、どっこい時代は繰り返すんだな。

「それは彼女を買いかぶり過ぎというものでしょう——あくまで、ドクター・コーヒーテーブルは、廃品を再利用しただけです。……すみません」

ん？　なんでとろみは謝った？　と思ったが、どうやら妹を廃品呼ばわりしたことを、失言だと思ったらしい。いや、でも、その妹を廃品にしたのがあたしだからな。何とも言えん。ま、どうやってその廃品をリサイクルしたのかは見当もつかねーが、日進月歩なファイル復活ソフトでも使ったんだろ。とにかく、それで確かに、あたしのところにダイレクトに依頼が来た理由がわかったぜ。ER3システムの黒歴史、暗部中の暗部、MS‐2の『作品』が絡んでいる事案となれば、部外者を嚙《か》ますのにも、二の足を踏んじまうだろう。だからこそ、部外者でありつつも、同じくMS‐2の『作品』であるあたしに、白羽の矢が立ったってわけだ。

「私と致しましては、たとえどのような手段を用《もち》いてでも、ドクター・コーヒーテーブルのプロジェクトを、特に『ライト・ライター』の執筆活動を止めていただければそれでいいのですが——由比ヶ浜ぷに子というプログラムに通暁《つうぎょう》している潤さんならば、この難題もなしうるのではないかという読みも、もちろんあります。ただし、妹を破壊するなんて御免《ごめん》だと言うのであれば、無理にとは申しません」

お前達は初めて会ったときから常に無理しか言ってねえよ。その中でも、ぷに子とまたしても戦えってのは、比較的無理度の低いほうだぜ——活字文化の可能性を独断で抹消《まっしょう》するほうが、まだしも気後れするくらいさ。

「では、正式に依頼を受諾《じゅだく》していただけるということでよろしいんですね」

念押しするようなガゼルに、あたしはああ、と答える——どうしようもねえポンコツの妹を、今度の今度の今度こそ、弔《とむら》ってやるさ。

7

組織の枠をはみ出してまであたしに依頼をしたガゼルには、しなきゃならねー隠蔽《いんぺい》工作が山ほどあるらしく、さっさとニューヨークへと帰っていった。とろみも立場上、あたしやガゼルとの接点を隠さなければならないわけで、さっさと檻神家に帰るべきなのだが、しかし彼女はしばし居残って、ふたりになったところで、

「潤さん」

と、忠告を残した。

「わかっていると思いますけれど、その……、『パブリック・ブック』。絶対読んじゃ駄目ですよ」

うん？

「うん？　じゃないでしょう。とぼけないでください。『面白過ぎる小説』とか、『あなたのためだけに書かれた小説』とか、大々的に謳《うた》われれば、誰だってその本を読みたくなります——まして、その本の生成に、自身の『身内』が噛んでいるとなれば、尚更です。私は今回の件、ガゼルさんの道徳的な線引きに共鳴したからこそ、仲介の任を務めましたが、それでも、いざ『パブリック・ブック』の実物を前にして、読まずにいられる自信はありません。だからこそ、アドバイスさせてください——絶対に読んじゃ駄目です。あなただって、仕事を忘れて読みふけってしまうかもしれないんですから」

くくく。仕事人間のこのあたしが、読書に夢中になって、請負をないがしろにしちまうって展開を、どうやらとろみは心配しているらしかった——そんなことがあると思うのかよ？

「あったじゃないですか、実際。『シースルー』を相手にしたとき、結構際どかったと思うんですけれど」

痛いところをつくね。そういや、あの恋愛星人は、『相手に好かれる』ことに長《た》けていたんだったな。あのときは危うく、めろめろにされちゃうところだったぜ。

「脅威で言えば、『パブリック・ブック』は、地球外生命体『シースルー』以上ですよ」

それは何かい？　『シースルー』はいい奴だったから、人類を害するつもりのない善隣なる旅行者だったからかい？

「いいえ。悪意がないという点では、『パブリック・ブック』だって同じです――プログラムとは言え、基本的にその設計思想は、『「読者」を楽しませる』なんですからね――その結果、完膚なきまでにスポイルしてしまうわけですが、それはあくまでも結果です。そうではなく、『パブリック・ブック』のもっとも不穏な点は、増殖するという点です。コピーしてばらまかれる――しかもそのたび、成長と進化を繰り返しながら。極論、『シースルー』単体で人類が滅ぶことはありませんが、『パブリック・ブック』は、人類を滅ぼし得ます」

物量作戦か。けっ。好きじゃねえなあ。

「まあ、なんだかんだ言って、書籍ですからね。『発行部数』は、重要です――電子書籍ですから、ダウンロード数というべきかもしれませんがね」

じゃあ、ひょっとして、ドクター・コーヒーテーブルちゃんは、ER3システムが主導する形で計測した『シースルー』現象を参考に、『パブリック・ブック』を制作したってこともあるのかな？　セクションこそ違えど、同じ組織内での出来事なんだから、参考にした可能性はあるだろ。

「ですね。時期から見ても、ぴったり符合しますから――だからこそ、『シースルー』現象の管理責任者であったガゼルさんが、こんな風に気にかけているのかもしれません」

はあん。責任感が強いね。無責任なあたしとしちゃあ、羨《うらや》ましい限りだぜ。

「これはアドバイスではありませんし、少し、話が逸《そ》れてしまいますが……、潤さん。仮にそうだったとして、そのことから推察されるドクター・コーヒーテーブルの人格は、どのようなものだと思われますか？」

んん？　いや、いくら読心術が使えても、会ってもねーどころか、ついさっきまで名前も知らなかった奴のパーソナリティなんて、想像に任せるしかねーぞ。

「ええ。私も、直接会ったことがあるわけじゃありませんが――でも、個人的には私は、彼女は、典型的な優等生だと思うんですよ」

優等生？　典型的な？

「はい。私と同じタイプです。本来はマッドサイエンティストなんて称号は似合わない人物像が浮かび上がります」

だが、人類を滅ぼそうとしているんだろう？　マッドサイエンティストの要件は満たしているぜ。

「『パブリック・ブック』の制作のために、古今東西の物語小説をデータ化し、統計学に基づいて分類・分析する――『読者』の反応をリサーチするためのシステムに、由比ヶ浜ぷに子という、過去の遺産を再利用する――恋愛星人『シースルー』の生態を、プログラムで再現する。どれほどの努力と労力が、そこにつぎ込まれたか、考えるだけでうんざりしますけれど、でも、それらの行いから判定せざるを得ないドクター・コーヒーテーブルのパーソナリティは、言うならば、オリジナリティとクリエイティビティの欠如《けつじょ》ですよね」

……………。

「物作りや独自性に対する、強烈なコンプレックス――優秀で、頭が良くて、真面目《まじめ》で素直で、それでも、何も作り出せない、生み出せない研究者。私と同じタイプ――そういう人物が、哀川潤を前にしたとき、何を思って、どう行動するか、私にはわかるような気がするんですよ」

ふん。だったら、そんな風に、わかったようなことを言われることこそが、お前みたいなタイプにとって、一番嫌いだってことも、わかるんじゃねーの？ オリジナリティもクリエイティビティも、幻想だろ。あたしだって、ゼロから作られたわけじゃねーし、請負人って仕事自体、他人の仕事をやらせてもらってるだけだしな。

「そういうことを言いたいわけですよ、私達は。でも言えないんです。私達は、優秀なだけですから。……まあ、こればっかりは、どれほど心を読めようとも、潤さんにはわからないことかもしれません」

とろみは諦念《ていねん》混じりの表情で言った——ちっ。確かにわかんねーな、何言ってんだか。少なくとも、とろみが望んでいるような答を返してやれそうにない——『パブリック・ブック』ならば、そんなコンプレックスを埋め合わせてやれるような心地いい文章を、綴《つづ》ってやれるのかもしれねーけど。

「そうですね。もしも私が『パブリック・ブック』を手に取れば、あっという間にその世界観に引き込まれ、不眠不休で耽読してしまうでしょう——結果、永眠してしまうでしょう。だからこそ、今回は同行できません」

きっぱりと予防線を張りやがった。月まで同行させたときのことを、未《いま》だ恨んでいるらしい——そのねちっこさは、確かに、あたしの理解の外だぜ。まあ、そうでなくとも、今回はとろみを連れていくわけにはいかない——そこは政治的な理由だ。ER3が抱えるトラブルに、四神一鏡が絡んだとなると、世界は救えても、禍根を残す。あくまでも一匹狼のあたしが、勝手に絡んだって形にしねーとな。もしもこの案件でバディを組んでいいってことになっても、選べるのは石丸小唄《いしまるこうた》くらいのもんだろう。ただし、あいつはあたし以上にどこで何をしてるかわかんねー奴だし、そもそも、肩書きが『大泥棒』である——『面白過ぎる本』なんて、値打ちがあり過ぎるもんを、ただ破壊しようとは思わないだろう。奴の死後に公開されるであろう小唄博物館の展示物として、全力を尽くして蒐集《しゅうしゅう》しようとすることは間違いない。ならば、あいつが動き出す前にも、あたしはさっさと仕事に移らなきゃなんねーわけだ。小唄が読んだら、どんな内容の小説が作成されるのか、興味深いところではあるが。

「ですから、そういうことには絶対に興味は持たないでください。『何が書かれているのかな？』と思って、画面を覗《のぞ》き込んだ瞬間、それは、『あなたのための小説』に、書き換わってしまうんですよ？　いいですか、『パブリック・ブック』に関しては、読みもせずにイメージだけで批判してくださいよ」

最悪の読者だな。

8

ちなみにこの頃、あたしはわけあって北欧の地方都市に滞在していたんだが、ドクター・コーヒーテーブルのラボというのは、当然ER3システムの本拠地であるアメリカ合衆国に位置するわけで、翌日、渡米することになった——ガゼルが向かったニューヨークよりも西側になる、テキサス州の砂漠である。

「もう少し具体的に言うと、ドクター・コーヒーテーブルが籠城してしまったラボは、砂漠の地下にあります」

ガゼルはそう教えてくれた。いや、教えてくれんのはありがたいけど、ぜんぜん具体的になってねえよ。テキサス州の砂漠って、どれくらい広いと思ってんだ。

「それが、詳細な位置は、組織内でもほとんど把握《はあく》されていないのですよ。知っていた、言うならばドクター・コーヒーテーブルの共同研究者達は、『パブリック・ブック』の臨床実験がおこなわれた際、あらかた亡くなっていますからね——生き残りもほぼ骨抜き状態でして」

……だとすりゃあ、最初はただの事故だったとしても、途中からは意図的に、ラボ位置を知る人間を骨抜きにしていった可能性はあるな。

「ええ、そうですね。なので、おおざっぱな場所しかわかりません。首尾よくラボへの入り口を発見したとしても、ラボへの侵入は容易ではないと思われます——元々は、砂漠の地下に竣工《しゅんこう》した、核シェルターだったそうですから」

はあん。じゃあ、砂漠を無差別に絨毯《じゅうたん》爆撃して、ラボごと『パブリック・ブック』を焼き払うっていう焚書官ごっこも、通用しないってわけかい——オーキードーキー。となると、あたしの引きの強さを見せるときだな。砂漠に落ちた針さえ捜し当ててみせるあたしの強運の前にゃあ、秘密研究所への入り口なんて、上空からのパラシュート降下で着地した、まさしくその場所にあるくらいだぜ。不法侵入のルートについては、後で考えよう。不法侵入を仕事とする小唄がパートナーなら、地下だろうが天上だろうが、核シェルターだろうが、どこにだってお邪魔してのけるだろうが、単独行動じゃそうもいかない。仮に、入り口の扉をぶっ壊したとしても、そこから先にどんなセキュリティが待ち構えているのか、わかったもんじゃねーからな。だからあたしとしては、このミッションの要はふたつ——①ラボを見つける。②セキュリティを突破する。その後は、どうにでもなるだろう——その危険度は計り知れなくとも、『ライト・ライター』はあくまでも執筆機械であって、『パブリック・ブック』はあくまで書籍だ。破壊するに難はない——と、思っている。コンピューターを相手にするときは、結局物理的破壊がもっとも有効であるというのは、いつだったかどこだったかで、『街《バッドカインド》』っつー破壊屋さんが教えてくれたもんだぜ。ただ、あたしが事前に想定したふたつの課題は、拍子抜けなほどにあっさりとクリアされちまった——パラシュート降下して、さすがに着地したまさにその場所ってことはなかったんだが、着地点から目の届く範囲に、ぽっかりと開いた大穴があったのだ。流砂でも起きているのかといぶかしんで（嘘だ。面白そうだと思って）、近づいてみると、その大穴が、自然現象の産物ではなく、人工物であることがわかる——アリジゴクの巣みてーな流砂なら、中に階段が設置されていたりはしないだろう。要は、ドクター・コーヒーテーブルのラボラトリーに侵入するための扉が開けっ放しになっていたのだ。これをどう考えりゃいいんだろう？　これをラッキーで済ませるほど、あたしも脳天気じゃねえぞ。視界の範囲内に入り口があったのは、そりゃあまあ、単なる幸運でいいんだろうが、しかし、その入り口が開けっ放しになってなきゃあ、見つけることは簡単じゃあなかっただろう——逆に言うと、こんなだだっぴろくて、たとえ地下に核シェルターがあろうとも、地上には何もない砂漠なんだから、視界が広いのは前提だ。着地点からは見えなくとも、適当に探していれば、遠からず、大穴が見つかっていただろうことは、想像に難くない。ラボへの入り口が開放されていたからこそ、あたしは労せずして、①ラボを発見し、②侵入が可能になったのだ——ええ？　いや、こんなの、罠《わな》に決まってんだろ？

9

だけどあたしは、罠ではないと判断して、大穴の底へと続く階段を降りていった——パートナーがいないときのあたしは、こんな無茶な行動を取りがちだけれど、この場合、まるっきりの無謀で、考えなしってわけじゃねえ。たとえ罠だったとしても、核シェルターの入り口を閉じて、どこにあるのか不明にする以上のセキュリティがあるとは思いにくいからだ——あたしの訪問を拒みたいのであれば、普通に扉を閉じていればよかったんだ。いくらあたしだって、核シェルターの入り口を突破するとなると、それなりに手間と時間はかかったはずなんだ。なのに、扉を開けっ放しにしていたとなると、ドクター・コーヒーテーブルには、逆の意志があったと思われる。つまり、侵入者を拒否するのではなく、むしろ歓迎しようとしている――どうぞどうぞお入りくださいウエルカムですと、扉を開けてくれていたのだとしか、考えられない。……うん、他にも考えようはいくらでもあることは、わかっている。仮に罠じゃなかったんだとしても、罠以上のものが待ち受けている公算が高い――あたしと違ってお利口《りこう》さんであるドクター・コーヒーテーブルが、どんな企《たくら》みの下に扉を開けっ放しにしていたのか、今のところ、見当もつかないというのが本当のところだ。だが、だからと言って、『パブリック・ブック』の公開まで、時間がないというのもまた、本当のところである。なので、あたしは地下へ地下へ、降りていくしかないのだった――わくわくするぜ。ただし、そんな期待とは裏腹に、下れど降りれど、何も起こらなかった。ひたすら続くのは、ただの薄暗い廊下と階段だった。武装した特殊部隊が待機していたり、床がいきなり抜けたり、死別した父親が現れたりはしなかった――うーん？　なんの危機感もねーし、『この穴蔵から世界を変えてやるぜ！』というような意気込みも感じない。細かく精査したわけじゃねえけれど、マッドサイエンティスト感もねえ、普通の研究所って感じだ。よくも悪くも、一般的と言うか……、はて？　ひょっとして、ただ扉を閉め忘れただけなのか？　換気でもしてたの？　実のところ、これは、ありえなさそうで、ありえる線でもある。なぜなら、扉を開けていようと閉めていようと、ER3システムの研究者達は、他の研究者のラボには入れないからだ——不可侵の取り決めがある以上、ER3システムの人間には、見えない壁があるようなものなのだから。だからって、扉を開けっ放しにするかって言えば、しねーと思うんだけど……、でもまあ、頭がいい奴って、何考えてるかわかんねーところがあるからな。ところで、核シェルターだった地下建造物を、ラボに改造したって触れ込みだったけれど、核シェルターからラボラトリーへと変貌《へんぼう》を遂げる前に、どうやらワンクッションあったらしい。というのも、かなり深くまで潜ったところで、やや特徴的な大広間があったからだ。特徴的と言うと、まるで特殊な景色が広がっていたようだけれど、それ自体は、世界中に点在する風景とも言えた。なんなら、個人宅の中にだってあるだろう——本棚である。書籍が詰まった本棚が大広間を埋め尽くしていたのだ。本棚くらい珍しくもねーし、研究所なんだから、紙の書籍もぜんぜん現役だろうけれど、それにしたって大規模過ぎて、膨大過ぎた。図書室の範囲を超えて、図書館……、それも、国会図書館レベルの蔵書量だ。しかも、ざっと眺めてみれば、並んでいるのは専門書ではなく、いわゆる一般書籍だった——世界中の本屋さんから、書棚を集めてきたら、こんな大部屋ができあがるんじゃないかと思われる。コレクターがレアな本を集めたというより、機械的に手当たり次第、どんな本でも手当たり次第に集めたという感じだ——この網羅《もうら》的な印象。ER3システムの、私設図書館だった時代が、この地下建造物にはあったのだと思われる——あたしがかの組織（ER2時代）に育てられていた頃あたりに、そんな風に使われてたのかね？　だからこそ、ドクター・コーヒーテーブルは、『パブリック・ブック』を開発するにあたって、この場所を選んだという見方もできそうだが……、ただ、あんまり合理的な発想とは言えねーな。『面白過ぎる本』を追求しようってのが、研究の根っこなんだから、そりゃあドクター・コーヒーテーブルが活字大好き人間であることは間違いないとは思うけれど、だからって何も、図書館に住むことはねーよ。『ライト・ライター』に必要なのはデータバンクであって、実際の本じゃあないんだから。読書家は、倒れてきた本棚に押しつぶされて死ぬのを理想の死にかただと考えるなんて言うけど、それに近い感覚か？　とろみが言ってた、ドクター・コーヒーテーブル評を思い出す——コンプレックスねえ。そもそも、その甘えた響きが好きじゃねえんだが、劣等感やら欠落感やらに支配されてる人間は、過剰《かじょう》にものを集めたがったり、ため込んじまったり、捨てられなかったりするんだっけ？　この図書館跡を研究所に選んだことや、大量の書籍を移動させたり処分したりせずに、そのまんま放置していることが、ドクター・コーヒーテーブルの人間性の象徴なんだとしたら、ちょっと、会うにあたって覚悟しといたほうがいいのかもしれねーな。人類を滅ぼしてやれと言うような、破壊型の研究者なら気が合いそうだが、自分なんてどうなっても構わないと思っているような破滅型の研究者だったら、取り扱い厳重注意だぜ。書籍に対する愛着……、いや、愛憎。この大広間からは、そういったものを感じる。でも、それだけに違和感もあった。まあ、図書館を研究所に改築するって案自体は、理解には苦しむにしても、趣味人の行動として受け入れられなくもない。だけど、そんな行き過ぎた読書家なら——巨大図書館を私物化しようって読書家なら、むしろ電子書籍を嫌ってそうなものなんだが？……まあそれも古い世代の考えかたなのかもしれない。深い読書家は紙の書籍を愛するあまり、電子書籍を嫌悪する（『紙の書籍』という言いかた自体が許せない）なんて発想自体、今となってはノスタルジィの産物なのかもしれない——この両論併記こそが若手の研究者の、ヤングな感性なのだとしたら、オールドファッションなあたしがごちゃごちゃ言うのもおかしな話だ。だいたい、機械に執筆させるという仕組み上、『パブリック・ブック』は、電子書籍という形でしか作成できないのだから、たとえドクター・コーヒーテーブルに葛藤《かっとう》があったとしても、他に選択肢はなかっただろう。理想のためには、妥協も必要——ただ、そんなしなやかな折れかたができるんであれば、籠城なんてしないだろうなあ。ひとつだけ確かなのは、『面白過ぎる本』の開発に関してだけは、彼女は真剣だということだ——そしてその真剣を、あたしは叩《たた》き折らなきゃならねえ。

10

自動執筆機械『ライト・ライター』のシステムの中に、あたしの妹的存在（妹敵存在？）である由比ヶ浜ぷに子のOSが利用されているという理由で、このたび、活字文化の破壊者としてあたしが抜擢《ばってき》されたわけだけれど、図書館フロアを通り過ぎて、更なる階下へと向かううちに、他にも案外、焚書官に相応《ふさわ》しい奴がいたんじゃないかと思えてきた——活字愛にあふれる人間が、この任務に相応しくないと考えたガゼルの発想そのものは、まあ正しい。そんなビブリオマニアなら、『ライト・ライター』を破壊するのに躊躇《ちゅうちょ》を覚えるどころか、ドクター・コーヒーテーブルに同調しちまう恐れがある——ミイラ取りがミイラって奴だ。だから、必要とあらば（あるいは必要がなくとも）あの図書館に火を放てるくらいの精神性の人間が、任務に当たるべきなんだが、でも、そんな人間が、この世にあたしひとりってことはない。むしろ、あたしよりも過激な、活字が嫌いで嫌いで、本を破壊したくてたまらないって奴だって、わんさかいるだろうに——だけど、すぐに、思い直した。たぶん、そういうビブリオクラストでも、虜《とりこ》にしちまうような文章を、『ライト・ライター』は作成しちまうんだろう——なまじ不慣れなため、免疫不足でかえってドハマリしちまうかもしれん。

どんな本好き人間でも、何かを読んで本を好きになるわけだし。究極、文字を読めない人間が『パブリック・ブック』を手にしたとしても、最初こそ持て余していても、読んでいるうちに言葉を覚え、語彙《ごい》を増やしていくことになるに違いねえ。使い道次第じゃ学習ソフトにもなりそうだが、それだけに、活字に対して耐性のない人間は、それはそれで、この任務には不向きということになりそうだ。結局、あたしくらいのバランスが、一番いいってことになるんだろう――ガゼルの奴、さすが、あの若さで、支局長まで出世するだけのことはあるぜ、人を見る目は確かなんだな。もっとも、決して仕事の成功率が高いとは言えないあたしに依頼したのが、正しいかどうかは、まだ定かじゃあねえけれどよ――そんな風に斜めに構えながら、あたしは元核シェルターで元図書館、現ドクター・コーヒーテーブルの研究所の最下層フロアへと到達したのだった。

11

「ご来駕《らいが》、まことに感謝いたしますと言うしかありませんね。人類最強の請負人、哀川潤さま」

結局、誰とも会うことなく最下層フロアまで到着しちまったので、こりゃあもぬけの殻《から》なんじゃないかと思っていたが、さにあらず──巨大なスーパーコンピューターで構成された迷路を抜けてみると、その奥の奥に、果たして、研究所の主はいた。まさかここまで来て別人ってことはないだろうけれど、人違いでぶん殴っちまっても可哀想《かわいそう》だから、一応、確認しておく。あんたがドクター・コーヒーテーブルかい？

「ええ。もっとも、それは通称で、本名は別にあるんですけれど──わたしの本名なんて、どうでもいいと言うしかありませんね」

下手すりゃあコンピューターの駆動音にかき消されそうなほどにか細い声で、そんな返事をする彼女──ドクター・コーヒーテーブル。うっかり日本語で問いかけちまったが、マルチリンガルなのか、合わせてくれたようだ──なるほど、天才だね。ただし、相手が肯定してくれただけじゃあ、まだあたしは、そこにいるのがターゲットのドクター・コーヒーテーブルだと、確信は持てなかった。というのも、ガゼルから事前に見せられていた顔写真と、容貌がかけ離れていたからだ──写真に比べて、ずいぶんと痩《や》せている。いや、これは柔らかい言いかたで、もう少し誠実に表現すると、ずいぶんと痩《こ》けている。顔写真と共に添付されていた資料によれば、まだ二十歳そこそこの若者のはずだが、伸ばしっぱなしの髪は、半分以上、白髪化していた──老けている？　違う、衰弱している。衰弱……。それはなんだ、つまり、『パブリック・ブック』を読んだ『読者』のようにか？

「ああ……、申し訳ないと言うしかありませんね。人類最強の請負人を出迎えるというのに、身なりを整えもせず……、決してあなたさまを軽んじているわけではなく、むしろ尊敬していると言うしかありませんね」

尊敬？　あたしを？

「はい、と言うしかありませんね。だって、あなたさまの存在なくして、『ライト・ライター』は、開発できなかったのですから」

なるほど。そりゃあ由比ヶ浜ぷに子のシステムを転用したのであれば、哀川潤と呼ばれる前の哀川潤について知っていても、当然か――と、あたしはぐるりと、フロア中に敷き詰められたコンピューターの山を見遣る。くく、我が妹ながら、変わり果てた姿になっちまって。積もる話はできそうにねーな。あたしは改めてドクター・コーヒーテーブルのほうに向き直る。あたしが来るって、わかってたのかい？　だから、ラボの入り口を開けっ放しにして、すべてのセキュリティを切ってくれてたのかい？

「その通りと言うしかありませんね。宇宙空間でさえ生き残ったあなたさまの前には、砂漠の熱さも核シェルターも無意味でしょう――人払いもしました、今、このラボの中にいる人間は、わたしとあなたさまだけだと言うしかありませんね」

そんな風に、てんから武装解除されちまうと、つまんねーな。でも、あたしが来ることは、どうやって知った？

「現状、やや微妙な立場にあるとは言え、わたしは現役でER3システムに所属している研究者ですもの——来訪者の存在を教えてくれる友達くらいはいると言うしかありませんね」

はあん。要するに、研究チーム以外にも、『ライト・ライター』開発にあたっての、協力者がいるってことか。うん、まあ、そりゃあいるだろうな。全面的な賛成じゃあないにしても、応用次第によっちゃあ、どうにでも用途のあるソフトを、ドクター・コーヒーテーブルは開発したんだから。その気になれば、人類を滅ぼすんじゃなくて、人類を発展させうるような……。

「まあまあ。とりあえずは座ってくださいと言うしかありませんね。ひとりだと、お茶の出しかたもわかりませんけれど……」

茶飲み話をしに来たわけじゃねえよ。お友達はそこまでは教えてくれなかったのか？　あたしは、お前のすべてを台無しにしに来たんだぜ？

「そう慌てないでくださいと言うしかありませんね。わたしみたいなひ弱な女の子を、暴力で征しても仕方ないでしょう？」

あなたさまの株が下がるだけだと言うしかありませんね、とうそぶくドクター・コーヒーテーブル。こういうなめた態度の奴こそを暴力で征することを、生業《なりわい》にしてきたのがあたしなのだけれど、しかし、ちょっと考えて、勧められた通りに座ってやることにした。あたしも丸くなったもんだ——いや、本音を言うと、今のあたしだって、ひ弱な女の子をぶん殴るくらいのことはぜんぜん平気でやるんだけれど、しかし、何もしなくても、そばで大きな音がしただけで死んじまいそうなほどに衰弱して見える奴を、話も聞かずにぶん殴るってのは、どうもね。なので座りつつ、お前、自作の小説でも読んだのかい？　と確認してみた。

「お察しの通りと言うしかありませんね。途中で読むのは止めていますが」

？　と首を傾《かし》げたくなる、意外な答だった。いや、まあ、単に研究に躍起《やっき》になったというだけで、ここまでやつれるってのは、ないだろうと思っていた——だから、ドクター・コーヒーテーブルは、あたしの訪問を察知して、あえて衰弱したのだということ自体は、予測できていた。それもまた、ER3システムの人間ならば、知っていることだ——あたしを相手にするときは、戦うこともできないほどに自ら弱ってしまうのが、最善の策だってことは。初対面のとき、ガゼルは手枷《てかせ》足枷をつけた上で、あたしと話そうとしたんだっけな——あれの亜流か。

「？」

今度はドクター・コーヒーテーブルのほうが首を傾げたが、あたしは何も言わなかった——ここでも思い出したのは、とろみの言葉だった。独創性に欠ける秀才タイプ——考えてみりゃ、あたしの『ご来駕』を受けるにあたって、セキュリティを開放しておくってのも、かつての再現でしかねえぜ。だからと言って、読めば寝食を忘れ、ボロボロに衰弱しちまうことがわかってる書籍を、自ら読もうという決断は、できるもんじゃねえだろうけれど。あたしにぶん殴られたほうがマシってほどに弱ってるぜ？　護身になってねえよ。天才は天才でも、破壊型じゃあなく破滅型――

「破滅型。それは買いかぶりだと言うしかありませんね。わたしはそんな大層な存在ではないのです――いつだって、保身に走ってばかりと言うしかありませんね。『パブリック・ブック』だって、きちんと丁寧に予防線を張ってから、読んだわけですから」

そう。それは気になった。だから座る気にもなった――寝食を忘れて耽読する小説って触れ込みの書籍を、ちょうどいい、、、衰弱具合のときに中断したってのは、おかしくねえか？　それができるなら、『パブリック・ブック』には、大した脅威はねえってことになるだろう。それとも、開発者だけが使える、安全コードでもあるってのか？

「いえ、わたしが採用した手段は原始的であると言うしかありませんね――バッテリー残量がぎりぎりのデジタルデバイスで、『パブリック・ブック』を読んだのです」

ああ。そりゃ原始的だ。電池が尽きれば強制的に読書は中断されるってわけだ――電子書籍だからこその、安全装置とも言える。ただ、接続部を破壊しておくとかの工夫をしてねーと、追加で充電しちまう誘惑にはあらがえないんだろうが。

「結構な数の死人が出たからこそ、思いついた安全策なんですけれど――まあ、『ライト・ライター』の開発をするにあたって、その文面にまるっきり触れないわけにはいきませんから、最近のわたしは、恒常的に衰弱していると言うしかありませんね」

恒常的に衰弱してるって……、いや、とんでもねえ話みてーに聞こえるが、しかし研究者なら、ありえるエピソードなのか。細菌の研究をする化学者には、自分が感染しちまうリスクが付き物で、それをわかった上で研究をし続ける──のみならず、それで本望だと思っていたりする。

「そうですね。本望だと言うしかありませんね。『死ぬほど面白い小説』を実現できるのであれば、死んでもいいと思っています」

じゃあやっぱり破滅型じゃねえか。そして十分天才だろ。

「ですから買いかぶりです。哀川さまにも、哀川さまのお父様がたにも、及びもつかないと言うしかありませんね」

たとえさま付けであろうと、あたしのことを名字で呼ぶな──っていうのは、野暮《やぼ》だな。明らかに敵だもん。どれだけ衰弱していて、極限まで死にかけてようが、敵であることに変わりはねえ。それに、あたしを天才呼ばわりするのはともかく、親父どもについて、そんな風に軽々しく言及して欲しくはねえな。

「失礼。しかし彼らは、わたしにとっても、偉大な先人ですから──あなたさまなくして『ライト・ライター』がありえないように、彼らなくして、『パブリック・ブック』はないと言うしかありませんね」

はっ。まあ、親父どもなら、お前の研究を高く評価するのかもしれねーな。『世界の終わり』を招きかねない危なっかしいテーマなんだから。

「それもまた、過大評価と言うしかありませんね」

あたしからの皮肉に、しかし、ドクター・コーヒーテーブルは、謙虚な姿勢を見せた——言っていることは最初から卑屈《ひくつ》で、いじいじした感じなんだが、ここでは特に、控えめな態度を取ったのだった。

「だって、電池が切れたらそれまでなんですから。いみじくもわたしがそうして安全をはかったように。それに、たとえバッテリーを繋ぎっぱなしにしていたところで、起動させたままのデジタルデバイスは、人間よりも先に壊れるケースのほうが、多いと言うしかありませんね」

ふむ。『パブリック・ブック』を読んで、実際に死んじまった奴と、生き残った奴の境目は、個人差って見方をガゼルはしていたけれど、そういう事情もあったのかもしれねーな。いかにもメモリを食いそうなアプリケーションを走らせ続けられるほど、現代のスマートフォンは、まだタフじゃねえだろう。開発にこれだけの数のスーパーコンピューターを使ってるソフトなんだから——受け皿がまだ、整っていない。

「まだ電子書籍は、発展途上なんですよ」

と、ドクター・コーヒーテーブルは、肩を竦めた——その態度を見る限り、やっぱり、紙の書物を偏重するタイプの読書人といった雰囲気なんだが。

「ですから、元来、あなたさまにお出まし願うなんていうのは、大袈裟な対応であると言うしかありませんね。わたし程度のリスクで大騒ぎするなんて、ER3システムも、意外と保守的です」

そりゃ、昔に比べりゃな。それこそ、親父どもが幅を利かせていた頃には、何回世界を滅ぼしかけてんのか、わかったもんじゃねえし——言うまでもなく、今のほうが健全だぜ。

「健全、ですか」

含みを込めて、ドクター・コーヒーテーブルは頷《うなず》く。

「みんな、そんなに長生きしたいものなんですかね——究極に面白い小説が読めれば、死んでもいいって、思わないんですかね？　わたしは、思うと言うしかありませんね」

んん。んんん？　いやいや、真面目な顔して何言ってんだ——あれか？　倒れてきた本棚に押しつぶされて死ぬのが理想とか、そんな話か？

「理想ですね。でも、もっと理想なのは、本を読みながら死ぬことです——そのための『ライト・ライター』だと言うしかありませんね」

理解できねえな。

「いえ、哀川さまには、わかってもらえると思いますよ。だって、あなたさまも、面白ければ死んでもいいって思っているのでしょう？　面白そうだからという理由で、どんな危険な仕事でも引き受けるのでしょう？　安全を追って長生きするなんて、つまらなくってやってられないと思っているのでしょう？」

…………。

「『世界の終わり』を見たいというのが、あなたさまのお父様がたの思想だったと聞いています——『世界の終わり』が見られるのなら、死んでもいいと思っていたそうじゃないですか。凡人のわたしは、そこまで過激にはなれませんが、それでも、人類の滅亡と、『究極の小説』の成立は、十分釣り合うものだと言うしかありませんね」

……ねえ、ビブリオマニア・コーヒーテーブル。『書を捨てよ、町へ出よう』って、知ってる？

「知っていると言うしかありませんね。だって、書に書いてありましたから」

あっそ。

12

「事実は小説より奇なりって言いますけれど、本当に事実が小説より奇だったことって、ありますか？　あったとしても、そういう出来事は後々、より面白く書籍化されちゃうものじゃありませんか？　現実と小説の区別がつかなくなって、何か問題ありますか？　小説だって、現実のうちでしょう？　読書体験だって体験だし、仮想現実だって現実でしょう？　書を捨てて町へ出て、本屋さんに寄って帰ってくるのがベストだと言うしかありませんね」

そんな風にまくしたてるドクター・コーヒーテーブルに、真っ向から反論する気にはなれなかった。いや、論破されたとは思ってねえし、言い負かされたとも思ってないんだけれど、確かに、その哲学自体は、あたしにごちゃごちゃ言われる筋合いはねーだろう。『面白きゃ死んでもいい』とまで考えるほど、刹那《せつな》的じゃあないつもりだが、はたからみりゃあ、あたしとこいつとの間に、そんなに大きな差異はない。紙一重とは言わないにしても、本一冊分くらいの厚さの違いしかねえさ。『充実した人生を生きる』って言葉の意味が、『面白い本を読む』ってのとイコールな人間がいて、悪いってことはねーだろう。

「そうです。百歳まで生きるよりも、百万冊の本を読むほうがいいと言うしかありませんね――百万冊の本を読むためなら、永遠の命を、わたしも欲したかもしれません。ですが、究極に面白い一冊を読めるのであれば、人生なんて、明日終わっても構いません」

えらく元気が出てきたみたいじゃねえか。それくらいの声量で喋《しゃべ》ってくれりゃ、会話もしやすいってもんだ。

「わかっていただけたようですね？」

少しはな。だけど、お前の哲学に、世界中の人類を巻き込むのは、感心しねーぜ。

「それもあなたさまに言われたくありませんけれど——あなたさまはいったい何度、全人類を巻き込んだのですか。世界を救った数と同じくらい、世界を滅ぼしかけているでしょう」

確かに。だが、そんなあたしだからこそ、言えることもあるんだぜ？『死ぬほど面白い小説』を読みたくて、『ライト・ライター』を開発したって言うんなら、『パブリック・ブック』は、お前がひとりで読んでろよ。私家版で満足してろよ。読書はひとりで完結している行為なんだから、それでいいだろ。それとも、活字離れが進みつつある人類を啓蒙《けいもう》しなきゃいけないってえ使命感にでもかられたのかい？　警鐘をかんかん鳴らしちゃってんのかい？

「ですから、わたしはそんな大した人間じゃあありませんよ——素晴らしい書籍は本能的に、みんなに勧めたくなるものだと言うしかありませんね」

やれやれ。活字離れも問題だが、活字から離れられなくなるのも問題だね。まあ、感想を言い合ったり、勧めたり勧められたりするところまで含めて、読書なのだと主張されたら、それはそれで尊重すべきなんだろう。

「断っておきますが、わたしは何も、無理強いして『パブリック・ブック』を読ませようというつもりはありませんよ――読むか読まないかは、あくまでも個人の自由と言うしかありませんね。読書とは、常に自由裁量の下でおこなわれるべき行為なのですから」

白々しいな。読めば死ぬってわかってるもんをばらまく行為も、自由裁量だってのか？

「『読めば死ぬ本』をばらまくのではありません。『死んでも読みたい本』をばらまくと言うしかありませんね」

堂々巡りだな。まあ、別にお前と議論を戦わそうとは思ってねえよ。ドクター・コーヒーテーブルのモットーを聞かせてもらったところで、あたしが仕事を投げ出してお前に寝返るってことは、霄壌《しょうじょう》がひっくり返るよりもありえねえぜ？　確かに、ご高説の中にゃあ領ける部分もないでもねえが、やっぱ大半はわけわかんねーよ。論理の飛躍が多過ぎる。

「そうですか。ならば、行間紙背を読んでいただきたいと言うしかありませんね」

残念ながら、読心と読書は違うんだよ。プレゼンしているうちにだいぶ元気になってきたようだし、そろそろぶん殴って終わりにしてもいいかい？

「いいえ。まだ読了には早いのです——こちらをご覧くださいと言うしかありませんね」

形式上の手続きってわけでもねえが、一応投降するチャンスくらいはあげようと、それなりに本気で脅してみたのだが、ドクター・コーヒーテーブルは、顔色一つ変えなかった——まあ、顔色は元々悪いんだが、とにかくまったくビビることなく、どころか椅子《いす》を回転させ、あたしに背を向けて、作業机へと手を伸ばした。そして何かをピックアップして、あたしのほうへと椅子を戻す。

「わたしをどうするかは——『ライト・ライター』をどうするかは、これを読んでから、判断してくださいとしか言えませんね」

差し出されたのは、一冊の分厚い本だった——あたしが受け取ったのは、紙の書籍だった。

13

やべ。油断した。何がやばいかは咄嗟《とっさ》にはわからなかったが、とにかくやばいと思った。で、何がやばいんだ？　見る限り、表紙も裏表紙も背表紙も白紙状態の、紙見本状態の書籍だった——怪しいところは見受けられない。だが、このタイミングで、どうしてドクター・コーヒーテーブルが『紙の書籍』をこちらに提出してきたのかは、完全に謎だった。しかし、その謎は、推理するまでもなく、すぐに解けることになる——あたしが手に取って間もなく、真っ白だった表紙にぼんやりと、文字が浮かんできたのである。

『Public book』

『Right writer』

背表紙にも、同じ飾り文字が浮かび上がった——まるで、炙《あぶ》り出しのように。『パブリック・ブック』——『ライト・ライター』。おいおい……、どういうことだ？

「どういうこともこういうことも——それこそが、『パブリック・ブック』のあるべき姿であると言うしかありませんね」

ドクター・コーヒーテーブルは、澄まして答えた。

「因原ガゼル氏は、大きく誤解されていたようですけれど、『パブリック・ブック』にとって、現形の電子書籍の形態は、あくまでもテストタイプで、完成型ではないと言うしかありませんね——ほら、最近は、まずはネットで発表して、その後、書籍化するという方式も多いでしょう？」

もっとも、現時点ではまだ、それも試験段階と言うしかありませんね——と、ドクター・コーヒーテーブル。

「バッテリーも、規格統一されたデジタルデバイスも必要としない、千年先まで保存できる紙媒体と言うしかありませんね――もちろん、『読者』の感情を読み取るためのインカメラは備わっていませんが、その代わり、そうやって触れた手から、ページをめくる指から、バイタルチェックをおこなっております」

バイタルチェック――つまり、本を持つ指先の、体温や血圧、脈拍や発汗をダイレクトに計測し、それを内容に反映するってことか。それができるのであれば、あるいはあたしの読心術よりもよっぽど正確に、読み手の感想を読み取れるのかもしれない。個人情報を入力するまでもなく、微量の汗から、DNA鑑定までをおこなえるのかもしれない――『あなたのためだけに書かれる小説』か。そういやドクター・コーヒーテーブルは、手袋をはめてやがるぜ。研究者だからと、大して気にとめてもなかったけれど――直接、製本版『パブリック・ブック』に触れることを、避けていたわけか。けっ。紙だって、千年も経ったらぼろぼろにはなるけどな？

「ところが、その紙ならば、千年どころか、一万年だって持つのですよ。当然ながら、その分析にも、あなたの妹のシステムを活用させてもらっています――ただし、その書籍は、ロボットやデジタルデバイスと違って、生きていると言うしかありませんね」

うん？　そりゃあ紙なんだから、無機物じゃなくて有機物じゃあるんだろうが……、それとも、使用されているインクについて強調しているのか？　触れた指のバイタルチェックに対応して、浮かび上がるようなインクは、確かに普通じゃあねえ。

「『活字』――日本語では、そう言うのでしょう？　リビング・ワード。生きている字。それはまさしく、『パブリック・ブック』のためにある言葉だと言うしかありませんね」

……じゃあ、有機物とか、そんなレベルじゃあなくて、このインク、まさか生物なのか？

「ご明察と言うしかありませんね。ええ。正確には微生物でしょうか――ただし偉大です。偉大なる作家『ライト・ライター』です」

ぞっとした。久しぶりに、血の気が引いた――血が騒ぐんじゃなくって。あたしが持っているこの一冊の本は、ひとつの生態系なのだと言われて、ただ嫌な気分になった。真っ白だったこの本は一種の水槽《すいそう》で、その中には真っ黒な微生物が、うじゃうじゃ生息している――それらの群れが、あたしのバイタルに反応して（化学反応に極めて近いものだろう）、文字の形を作る仕組みなのだ――『ライト・ライター』は、そういう執筆スタイルなのだ。

「むろん、ER3システムの、あちこちのセクションからお知恵を拝借して作り上げた、でっちあげの人工生物なのですが——まあ、一種の紙魚《しみ》みたいなものだと思っていただいて構わないと言うしかありませんね」

ただし『彼ら』が食べるのは、紙ではなく、読者の感想です——と、ドクター・コーヒーテーブルは言う。感想を食べるとか、エモーショナルなことを言いやがると思ったが、存外、率直な事実を述べているのかもしれなかった。なにせ、読者は本に、直接触れているのだ。汗やら皮脂やらは、十分な栄養源になるだろう。……まあ、炎に意志を与えた喜連川《きつれがわ》博士に比べりゃあ、そんなにとんでもねえことをしているわけでもねえ。ただし、とろみは独創性に欠ける秀才タイプと評したが、しかしそのコンプレックスこそがこのすさまじいまでの応用性を生んでいるのだと思えば、やはりドクター・コーヒーテーブルは天才の名に恥じない研究者だった。そう言われるのが嫌なら、天才以上だ。

「言語の壁はおろか、デジタルデバイドさえも無視できる——これぞ『究極の小説』と言うしかありませんね」

彼女は言う。か細くも骨太な声で、得意げに言う。

「無限に増殖する生物である以上、情報を統合するサーバーも必要ありません。シンクロニシティ——世界中で『食べた』感想は、『ライト・ライター』全体で共有されるのです。『百匹目の猿』よろしく、加速度的に洗練されていくと言うしかありませんね」

あたしの手の内にある『パブリック・ブック』。『面白過ぎる小説』。『死ぬほど面白い小説』。『あなたのためだけに書かれた小説』。『命と引き替えにしてもいい小説』。『人生に匹敵する小説』——どう対処すればいいのかなんて、明白だ。こんな物騒なもん、今すぐ投げ捨てりゃあいい。あたしが手を離したら、偉大なる微生物『ライト・ライター』は、活動を停止して、紙の内側へと潜り込み、冬眠に入るはずなのだから——なのに、それができない。表紙のみならず、ページの中では次々と、あたしに向けられた小説が書かれているのを、感覚的に理解しながらも（うねうねと、気のせいか、書籍そのものが蠢《うごめ》いているように触知できる）、手放すことができない。手放せない——活字離れができない。

「どうしました？　哀川さま。どうぞご自由に、お読みください——『パブリック・ブック』は試し読みを歓迎します。あなたさまが最初の読者です——OSの姉であるあなたさまには、その資格があると言うしかありませんね。もしもお気に召したなら、是非、帯に推薦文をいただきたい」

ちっ……、そのためにあたしを、こうして歓迎してくれたってわけかい。『哀川潤、絶賛！』ってか？　絶賛じゃなくて絶死だってえの。確かに、電子書籍じゃねーから、帯は巻けるだろうけどな。親類関係に頼って推薦文とか、出版界の闇っぽいことしやがって。くそ、接着剤でひっつけられているみたいに……、いや、本自体に噛みつかれているみたいに、手が離れない。だけど、微生物にそこまでの力があるはずもない。噛みついて、しがみついて離さないのは、あたしの手のほうなんだ。

『絶対読んじゃ駄目ですよ』

と、愛《いと》しのとろみちゃんがアドバイスしてくれていたし、あたしとしては今回は、珍しくその忠告を容《い》れておくつもりだったんだが……、うっかり手に取ってしまった。ガゼルが、スマートフォンにアプリケーション版『パブリック・ブック』を、ダウンロードさえしていなかったことを思い出す——あれは適切な対処だった。タッチパネルだろうと紙だろうと、触れてしまえば、もう抗えない。『読みたい』という気持ちを、抑えきれない。……たぶん、浮き上がった表紙デザインから、既にあたしの好みになっているんだろう。『パブリック・ブック』なんてタイトルはダサいと思ってたはずなのに、表紙を見れば、『意外といい題名なんじゃないか』とさえ感じてしまう。理性どころか感情さえもねじ伏せちまうようなこの中毒性……。

「中毒性。まさしく。俗に、活字中毒と言います——軽い気持ちで手を出すと、取り返しのつかない重症になります。本は人生を狂わせる。そして人生なんて、狂ってしまえばいいのです。享楽《きょうらく》的に生きた人類最強の請負人のデータが採取されたそのときこそ、『パブリック・ブック』は脱稿すると言うしかありませんね」

あー、はいはい。あたしはどうせ享楽的ですよ。だけど、享楽的だからって、協力的とは限らねえぜ。

「享楽的だからって、協力的とは限らない――うふふ。意外と言葉遊びがお好きなのですね。そんなあなたさまのために書かれる小説が、どのような文面になるのか、楽しみと言うしかありませんね。案外、恋愛小説だったりして？」

初めて、ドクター・コーヒーテーブルは、口辺に笑みを浮かべた。駄洒落《だじゃれ》に笑ってもらえて光栄だが、これこそ受け売りって奴でね。あたしの趣味じゃねえ。だが、ここはあえて、戯言遣《ざれごとづか》いのやりかたで行こうかな。

「？」

いや、見事だよ。こうも鮮やかにはめられたのは、あたしの人生でもちょっとねえ。だからこのまま、読書欲に流されるままに、この書籍を読みふけってやってもいい――そのくらいにはよろめいたぜ。だが、ページをめくる前に、偉大なる小説家の優秀なるマネージャーさんに、ひとつだけ質問させてもらっていいかい？

「……何なりとしか言えませんね。『ペンは剣より強し』――『活字は最強より強し』。そう認めていただけるのであれば、どんな質問にもお答えしますとも」

んじゃ、そもさん。ドクター・コーヒーテーブル。『死ぬほど面白い本』が読めるのであれば、死んでも構わないって、お前は言ったよな？　あたしが今からこの本を読んだら、寝食を忘れて不眠不休で夢中になっちまって、しまいには読みながら死んじまうんだよな？

「ええ。そうですと言うしかありませんね。無限とも言えるあなたの体力に合わせた、濃厚な内容になることは間違いないでしょう」

そうかい、そうかい。でもさあ、熱中のあまり、読んでる途中に力尽きて死んじゃうんじゃ、誰もこの本を読了できないとしか言えないんじゃね？

14

あっけに取られたような表情を浮かべたのはほんの一瞬のことで、もちろんドクター・コーヒーテーブルは、あたしからの初歩的な質問に対して、理路整然とした、膝《ひざ》を打つような答を返す——とばかり思っていたのだが、実際には、彼女があっけに取られたのは、一瞬どころではなかった。どころか、そんなぼんやりとした表情のままでぬらりと椅子から立ち上がり、そのままふらふらと、蹌踉《そうろう》とした足取りで、あたしのことなんて忘れてしまったかのごとく、あさっての方向へと歩いていく。おいおいそっちには壁しかないよ？　しかし、据え付けられたパネルを操作すると、その壁が左右へと開き、小部屋が現れた。んにゃ、小部屋じゃなくて、非常用のエレベーターのようだ――そんなもんあったのかよ。おそらくは地上まで直通だと思われるそのエレベーターに、ドクター・コーヒーテーブルは無言のままで乗り込み、そして、最後まであたしのほうを振り向かないままに、扉を閉めた――ラボの主は去り、核シェルターの最下層には、不法侵入者だけが取り残されたのだった。あたしは思わず、額《ひたい》を押さえる。やっちまった。世間知らずの若造を、口論で、しかも正論で、やっつけちまった――勝利の実感なんてまるでない、いたたまれない気分だけが、あたしの中で渦巻いていた。なんて後味の悪さだ――これが本なら、読後感が悪いというところだろう。『ペンは剣より強し』って諺《ことわざ》の元々の意味は、戦争よりも書類へのサインのほうが、より多くの人間を殺すってえ意味だそうだが、奇《く》しくもあたしは、一切の暴力をふるうことなく、ひとりの研究者の人生を、コンプレックスごと一刀両断にしちまったってわけだ。だからフォローするってわけじゃあねえが、これは何も、ドクター・コーヒーテーブルが想像を絶するアホだったという決着じゃあない。あいつは、むしろ誠実だった。読書家としては、これ以上なく正しい――面白い小説を読むときの、『読み終わりたくない』という気持ちに対して、誠実で、忠実だった。夢中になった一冊の本の、残りページ数が少なくなってきたときの、なんとも言えない感情を、『読み終わるのがもったいない』と思うようなうぶなハートを、大人になっても失っていなかった。だからこその見落としだ――だが、もちろんのこと、小説は、一冊ごとに閉じられてこそ、小説である。この世に無数にある、どんな小説賞の応募規程にも書いてある——完結してなければ、小説じゃない。『冒頭だけ書いて送ってみました』なんて投稿作は、真っ先に落とされる。そして同様に、『途中まで読んだ』なんてふぬけた感想は、読んだことにはならない——だから、『死ぬほど面白い小説』もとい、『読んでいる途中で死ぬ小説』は、小説として成立していないのだ。『パブリック・ブック』は、永遠に終わらない未完の大作であり、永久に証明されない理想の空論であり、そして何より、どうしようもない素人《しろうと》が書く、失敗作なのだ。一冊の本を書き終われない小説家は小説家失格だし、一冊の本を読み終われない読者は、読者を名乗れない。その不動の事実に気付いてしまったとき、ドクター・コーヒーテーブルは筆を折った——まるで、トリックの瑕疵《かし》に気付いてしまった推理作家のように。籠城を解いて、エレベーターに乗って地上へと向かい、安全の保証された象牙《ぞうげ》の塔から外に出た。投稿ならぬ投降ってところか？　たぶん、あっと言う間に拘束《こうそく》されることになるだろう——自由を奪われることになるだろう。表現の自由も、研究の自由も、最悪の場合、生存の自由も。……まあ、実際のところ、敵失がなかったらこの勝負、危ないところではあったが、しかし更に言うなら、『パブリック・ブック』の完成性を、紙の書籍に求めていなければ、違う結果になっていたかもしれない。電子書籍の形式では直感的にはわからない、本の『分厚さ』が、書籍を手に取ったことで文字通りにつかめたからこそ、あたしは『この本、読み終わるのにどれくらいかかるんだ？』という疑念を抱いたのだ。『死ぬ前に読み終わったらいいだけなんじゃ？』って。趣味人としてアナログにこだわったことが、ドクター・コーヒーテーブルの敗因と言ったところか——そんな風に総括《そうかつ》しながら、あたしはなんともやるせない気持ちで、席を立つ。最下層フロアを去るにあたって、ひしめくスーパーコンピューターを全部初期化していこうかとも思ったけど、面倒臭いからやめた。そういうのはガゼルがそつなくやってくれるだろ——『パブリック・ブック』の開発は、ER3システムに数ある無駄な研究のひとつとして、無難に整理整頓されるだけだ。んじゃ、エレベーターは行っちまったから、あたしはちんたら階段で登ろう。と、核シェルターの真ん中あたり、図書室のフロアに到着したところで、あたしはふと、自分の右手が、製本版『パブリック・ブック』を、持ったまんまだったことに気付く。あたしも現金なもんで、読み終わることができないとわかった瞬間、あれだけあったあふれんばかりの読書欲はすっかりかき消えちまったけれど、さて、どうしたもんかね。微生物にして人工生物『ライト・ライター』。ま、ドクター・コーヒーテーブルはあんな風に言ってたけれど、厳密には有機物で構成されたナノマシンって感じなのかね？　つまり、あたしの妹である由比ヶ浜ぷに子の遺伝子も、この本の中で、息づいているわけだ。最下層フロアのスーパーコンピューターから独立した、この製本版の存在は、ガゼルもとろみも、把握してねえんだろうな——くく。昔のあたしだったら、間違いなくびりびりに破いて捨てていたところだし、それがポンコツの妹に対する、心ばかりの供養《くよう》だと思いもするんだが……、しかしあたしは、図書室まで持って来ちまった製本版『パブリック・ブック』を、そびえ立つ書棚へと差し込んだ。これだけあるんだ、一冊くらい変な本が混じってても、どうってことねえだろ。活字離れも進むし、書物もこれからは電子版がメインになっていくんだから、こんな地の底で、誰かがお前を手に取ることもねーだろうけれど……、まあ、一万年後のことなんて誰にもわかんねーよな、ぷに子ちゃん？　しばしの別れを告げるように本の背表紙を——妹の背中をぽんと叩いて、あたしは図書室を通り過ぎる。ああそうそう、最後にもう一回、同じ質問をするって約束だったっけ？　だけど、あの夢想家に免じて、ちょっとだけ質問の内容を変えることにしよう。お前達は、小説を読み終わったことがあるか？　終わったことがないって言われたら、びっくりだぜ。

哀川潤の失敗

Miss/ion3. 死ぬほど幸せ

「哀川《あいかわ》さん哀川さん。つい先日、とある総合商社で起こった飛び降り自殺については聞いていますか？」

「それを聞いているかどうかはともかくとして、沙《さ》咲《さき》。あたしのことを苗字で呼ぶな。苗字で呼ぶのは敵だけだ」

「はあ。でも別に私、今のところあなたの味方のつもりもありませんが……」

「え。マジ。何それ。何そんなこと出し抜けに言ってくれちゃってんの。意外と結構なショックを受けちゃったんだけど」

「友達だからと言って、味方だとは限りません」

「厳しい意見だね」

「それに今日の私は京都府警を代表する依頼人という立場ですので……、あんまり親しげに呼びかけるのもどうかと思いまして。親しき中にも礼儀ありという言葉の通り、他人行儀な感じで」

「他人行儀になれる時点で、親しき仲とは言えなくないか？」

「それはともかくとして」

「ともかくとすんな。あたしにとっては大事なことだ。それに大事な設定だ」

「設定って……」

「潤《じゅん》と呼ばなきゃ、話は聞かねえ。もう帰る」

「わかりましたよ、潤さん」

「うむ」

「では改めて、潤さん潤さん。つい先日、とある総合商社で起こった飛び降り自殺については聞いていますか？」

「いや、知らない」

「『いや、知らない』。その答を聞き出すためだけに、随分《ずいぶん》と手間をかけさせてくれましたね……、あそこまでもったいぶるんだったら、せめて知っておいてくださいよ」

「知らないだけにむしろ話を引き延ばしたな、今のあたしは」

「意外とちっちゃいことをしますね」

「最近、世俗から離れた生活をしてたからさ。時事ネタには弱くなってるんだ」

「へえ、そうなんですか」

「そうなんだ」

「弱くなってるんだ。最強なのに」

「！　いや、弱くはなってない。逆だ逆、時事ネタを知らないことに強くなってるんだよ」

「なんですかそのロジック……、あの、依頼人が私だからって気を抜かないでくださいね。ゆるいですよ、今日のあなた」

「さっきもちらっと触れたけど、でけえ仕事を一個終えたところなんでな。それで一息ついちゃってるってのはあるかも」

「ちなみにそのでけえ仕事ってなんですか？」

「ちょっと宇宙旅行に」

「……事件に大きいも小さいもないとは言うものの、さすがにその事件とは比べ物にならない小ささですが、それでも私の話を、身を入れて聞いていただけませんか」

「聞くよ。友達だし」

「ありがとうございます」

「料金も友達料金だ」

「友達料金って、安くなるんですか？　高くなるんですか？」

「高くなるかよ。どんな友達なんだよ、あたしは」

「まあそれくらいの意地悪はして来そうな気はしますし。ちなみに今現在の料金体系はどうなっているんですか？」

「別に。前と同じ」

「と言いますと」

「気分次第」

「ですよね」

「まあ気分次第というのは半分冗談としても、とりあえず、内容を聞いてからだよな。えっと、飛び降り自殺？」

「はい。被害者――いえ、自殺なのですから、被害者という言い方はおかしいですね。自殺者の名前は繰島箏子《くるしまそうこ》。その総合商社に勤めていたＯＬです」

「ふうん……飛び降りたってのは、つまり、その総合商社の入っているビルから飛び降りたってことなのかな？」

「そうです。一棟まるまる、その総合商社の持ちビルで」

「ってことは、結構大きな会社だったんだな」

「一部上場企業という奴《やつ》ですね。この不況下でも、業績を下げることなく、各業界に向けて活動していたようですよ」

「ふうむ」

「しかし総合商社とひと言で言われても、何をしている企業なのかいまいちピンと来ないですよね。自殺者の肩書きも、メディア事業推進部第三課主任という、なんだかわかるようなわからないようなものですし」

「わかんねーだろ。まあ、別に総合商社に限らずそいつに限らず、仕事なんて概《おおむ》ね、なんだかわかるようなわからないようなものだと思うけどな。あたしだってお前だってそうだろ。自分がどんな仕事をしているのかをはっきり認識してる奴なんざ、そうそういねーぜ」

「哀川さん……潤さんらしからぬ、ネガティヴな発言ですね。あなたは自分の仕事に、誇りを持っているものだとばかり思っていましたけれど」

「仕事には誇りを持ってるけど、でもまあ、その仕事が何を意味してるかはわかんねーよ。基本的に、あたしのやってることって『他人の代わり』以外の何でもねーんだから」

「請負人《うけおいにん》ですしね」

「社会全体がひとつの生き物だとしたときの、細胞一個一個が仕事って奴だろ？　一見無関係な仕事同士が思いも寄らぬところで繋《つな》がっていたりするしな。あたしなんか、思わぬところで人の恨みを買ってたりする」

「それはもうちょっと普段から思っておいたほうがいいんじゃないですか？」

「なんで？」

「なんでって……」

「でもまあ考えてみたら、仕事なんてのは大抵、あたしに限らず『他人の代わり』でしかねーと思うけどさ」

「そうですか？」

「そうだろ。たとえば警察官っていうお前のお仕事にしたって、一般市民には自力救済ができないから、その代わりに、町の平和を守っているんじゃねえか。一般市民から税金をもらってな」

「まあ、警察官はそうかもしれませんね。政治家や官僚もそうかもしれません。いわゆる『代表』ということですよね——けれど、そうじゃない職業のほうが多いんじゃないですか？」

「いやいや。自給自足ができねーから農家にお米や野菜を育ててもらうんだし、牧場で牛や豚を育ててもらうんだろう。自分で服が作れないから、メーカー品を買うわけだし」

「まあ、そう言われてしまえば……、問屋さんや小売店も、そういう生産者のみなさんとの間を、代わりに繋いでくれているというわけですか。下請け会社に至っては、言うまでもありませんね。でも、クリエーターや表現者は？　スポーツマンとか」

「クリエーターってのもまた、消費者の『代わり』に、物語を作ったり楽器を弾いたりしてるもんなんじゃねーの？　だって最後には、その作品を、消費者に提供するわけなんだから。そこにどういう志があるのかはしらないけど、究極的には、スポーツマンがテレビで活躍してるのを見るとき、応援しているときには、相当に感情移入しているもんだと思うぜ。なんだろう、一体化っていうのか」

「そこまで運動神経に優《すぐ》れていない自分の代わりに、スポーツをやってくれているという風な心理が、そこにあると？」

「さあな、そこまで具体的かどうかはわからん。ただ、自分がやったほうがうまくできると思うんだったら、誰もスポーツなんか見ないだろ。自分の息子が活躍してるわけでもあるまいし」

「ああ、そういう言い方をしてもらうとわかりやすいですね。つまり、あらゆる仕事とは『他人にできないことを代わりにやっている』ということ――なるほど、そういう考え方をすれば、確かに誇らしいかもしれませんね。他人にできず、自分にしかできない仕事という気がします」

「とか言いつつ、代わりはいくらでもいる、とか言われたりするんだけどな」

「言われたことはありますね……潤さんはありますか？」

「いなくなってくれ、とはよく言われるな」

「よく言われないでください」

「何の話だっけ？」

「ああ……、えっと、被害者……じゃなくって、自殺者のプロフィールを紹介している最中でした。話がえらく逸《そ》れてしまいましたが……」

「二回」

「はい？」

「二回、言い間違えたな。自殺者を被害者って。それは何か、理由があるわけ？」

「ああ――ええ、あります。その点については、すぐに触れますのでご安心ください」

「ふうん。まあいいけど」

「繰島箏子、二十八歳――仕事のできる女性だったようで、同僚の誰もが一様に、彼女を誉《ほ》めそやしますね。自社ビルから社員が飛び降りるなんて、会社としてはいい迷惑な話でしょうに、誰一人そのことを悪くは言いません」

「そりゃ普通、死者に鞭《むち》打つようなことは言えねーだろ」

「あ、いえ、潤さん。すみません」

「なんだよ」

「私にとっては自明のことだったので、誤解を招く言い方になってしまったようですが、繰島さんは死んでいません」

「は？　いやでもビルから飛び降りたんだろ？　それで生き残るって、あたしじゃねーんだから」

「まあ……あなたではありませんね」

「なんだ？　それともそのビルは、ビルっつっても三階建てくらいのビルだったのか？」

「いえ、十四階建てです」

「大したもんだ」

「ですね」

「でも死なないわけねーだろ、それなら。匂宮《におうのみや》雑技団やら零崎一賊《ぜろざきいちぞく》やらでも、生存は相当怪しい高さだぜ」

「そんな不吉な名前を私に聞かせないでください。……いえ、種を明かせば単純な話で、繰島さんは別に屋上から飛び降りたわけではないんですよ」

「何？　でもさっき――いや、言ってねえか」

「言ってません。ビルから飛び降りたとしか」

「ああ、つまり、低層階の窓から飛び降りたってことなんだな？　おいおい、引っ掛けクイズみたいなこと言ってんじゃねーよ」

「別に引っ掛けるつもりはありませんでしたよ。私はそんなひねくれた性格ではありません」

「どうだかな。お前みたいに一見真面目《まじめ》でクールそうな奴が、意外と人を困らせて楽しんでたりするんだよ」

「どういうデータを取った上での発言ですか、それは……。では、潤さんを困らせないために言い直しますけれど、被害者……自殺者が飛び降りたのは、ビルの四階の窓からです」

「三回目だな。言い間違え」

「ああ……、まあ、そうですね」

「そこまでいくとわざとらしくさえあるが、どうなんだ？　さては、沙咲。お前はその事件を自殺とは思っていない――自殺に見せかけた殺人事件だと思ってるってことか？」

「そこまでは思っていません。ただ、私を含めた現場の人間が、多少の疑いを抱いていることは確かです。殺人事件ではないにせよ、たとえば、何らかの事故――だったとか」

「ふうん。遺書はなかったのか？」

「ありませんでした。それらしきメモも、皆無です。靴を揃《そろ》えてもいません。靴のままで、お昼休みに、四階の窓から飛び降りたのです」

「靴のまま——靴下も履いたままか？」

「それはそうですが……重要なことですか？」

「いや全然」

「………」

「そう言えば、自殺者ってなんで飛び降りるとき、靴を揃えるのかな。死んだら幽霊になって、足がなくなるからもう必要ないってことか？　でもだからって靴を脱ぐ必要はないよなあ」

「それも含めて、靴下のことを聞いたんですか？」

「まあ、そう」

「靴下は脱ぎませんね、普通……、由来が何なのかはわからないですけれど、靴をそこに揃えることで、ここから飛び降りたんだっていうことを示す目印みたいな意味合いは、ありますよね」

「ああ、遺書を靴の隣に並べて置いたりするもんな。ミステリーのトリックに使えそうだな。突き落とした被害者の靴を脱がせて屋上に揃えておく、とか」

「古典の時点でやり尽くされてますよ、その程度」

「だろうなあ。でも今回の場合、遺書もなければ靴を脱いでもいなかった、と」

「はい」

「じゃあ自殺じゃなくて事故なんじゃねーの？　お前達が思っている通りに。窓の桟《さん》に乗って遊んでいたら、誤って転落しちゃったとかって」

「うーん」

「なんだよ」

「いえ、誤って転落する、という表現が私はあんまり好きじゃないんですけれど、その気持ちが何に起因するものなのかを考えてしまいました」

「謝罪して人生を転落した、みたいなイメージを抱いちゃうからじゃねーの？」

「そうかもしれません。……謝って転落、ですか……、まあ、大人はそうですよね。悪いことをしたときに謝ると、より酷《ひど》い目に遭《あ》うことのほうが多い気がします」

「謝って許してもらえるのは子供のうちだけって話か？」

「子供でも許してはもらえないですけどね。嘘《うそ》をついて人を騙《だま》す奴が最終的に得をするのは、子供も大人も同じです」

「はっ。人を騙すってのもかなりリスキーな行為だからな。リターンがあっても当然だろ」

「相変わらずヒネたことを言いますね」

「そうでもねえよ。まあ、誤って転落するという表現がお気に召さないって言うなら、言い直してやるよ。お前達が思っている通りに、窓の桟に乗って遊んでいたら、誤って転落しちゃったとかって、そんなところなんじゃねーの？」

「どちらにしろ、二十八歳のキャリアウーマンが、窓の桟に乗って遊んだりするとは思いませんけれどね。そんなことは思っていません」

「わかんねーぜ。人間って奴は」

「深そうで浅い台詞《せりふ》を言わないでください」

「でも可能性は否定できないだろ。可能性だけで言うなら、ありえるはずだ」

「否定できます」

「およ。強気だね」

「というのも、目撃者が多数いるからです」

「目撃者？　だって？」

「その昼休み、彼女は――繰島箏子さんは、自分の席で持参のお弁当を食べ終わり、包み直して、そしておもむろに立ち上がりました。部署の中には同じように席でお弁当を食べている社員も少なくなかったので、そんな彼女の様子を、みんな普通に、見るともなく見ていたそうなんですけれど――てっきり、午後の仕事に向けて、下準備でも始めるつもりなのかと思っていたそうなんですけれど——不意に」

「不意に？」

「不意に彼女は窓のほうに歩いていって、閉まっていた窓を全開にして、ひょいっと」

「ひょいっ——と」

「まるで鉄棒の、前回りでもするように、頭のほうからビルの外、ビルの下に向けて、飛び降りたそうなんです」

「……ま、逆上がりするように飛び降りることはできねーだろうな」

「潤さん。不謹慎です」

「あたしが悪いみたいに言うなよ。先に前回りみたいにって言ったのはお前だろうが。あたしはそれに合わせただけだ」

「私は、目撃者の証言をそのままお伝えしただけです。今の表現について、私の人間性が噛《か》んでいる箇所はありません」

「だったら目撃者が不謹慎じゃねーか。同じ会社で働く社員が、しかも同じフロアで働く同僚が、窓から落ちたってのに」

「それだけ現実感のない風景だったということですよ——フォローするわけではなく、実際、フロアの誰もがしばらく、身動きできなかったそうです。気分としては

『あれ？　ここ一階だっけ？』みたいな感じだったんじゃないですかね」

「それはお前の人間性が嚙んだ感想かな？」

「全然違います。そういう風に思う人もいるだろうな、という、予想です」

「予想ですか」

「もちろん。『急にテンションが上がって、窓から買い物に行ったんじゃないか』とか、そんな風に思ったんじゃないかな、て」

「予想でも不謹慎だろ。十分に。お前が」

「もちろんそこは四階ですし、窓の外——窓の下から聞こえてくる騒ぎ声を受けて、ようやく全員、窓に寄っていったようなもので。……やっぱりどこか冗談じみていたので、結構みんな抵抗なく、窓から乗り出して、下を見ることができたそうなんですけれど」

「なんですけれど」

「もちろん実はロープで足首を縛《しば》っていた、命綱を用意していたとか、下にトランポリンを設置しておいて、覗《のぞ》いたところで飛び上がってきたとか、そういうことはなく——地面に四肢を投げ出して、繰島さんは倒れていたそうです」

「命綱のたとえはともかく、トランポリンのたとえは絶対に不謹慎だろ……、それこそは、明らかにお前の人間性の嚙んだたとえ話だよな？」

「いえ、そう言ったら潤さんにはわかりやすいんじゃないかなという、気遣いです」

「気遣い……だとすれば、お前にだけは気を遣われたくはないな」

「まあ繰島さんが死んでないから言えるジョークですよ」

「ま、頭から落ちたからって、頭を打つとは限らないもんな。四階じゃあ、死ぬか生きるかは、一般的には半々って感じか？」

「ちなみに潤さんなら？」

「フロアの高さにもよるけれど、うん、頭から落ちたらかすり傷くらいは負うかも」

「聞いた私が間違っていました」

「間違えたのか。うん。まあ、間違いも時には悪くないよ」

「慰めないでください。むしろ己が身を省《かえり》みてください。考える以上に空しいですよ、何をやっても死なない人を相手に、飛び降り自殺について論じるというのは」

「別に何をやっても死なないわけじゃないよ。……でも、その話だと、事故って線は皆無だな。明らかに自分の意志で、自分から積極的に、窓の下へと飛んでいる――それに自殺に見せかけた殺人というわけでもない。その場の全員が証人だ、お互いに無罪を証言できる……、ところで、実際にその場にいたのは、何人くらいなんだ？」

「フロア全体にいたのは五十人くらいですけれど、その中で彼女の動きを見ていたのは、周囲の十五人くらいですね」

「ふむ」

「お互いに無罪を証言できるというのは、潤さんの言う通りです——しかし」

「そうだな、しかし——だからこそ、なんだか奇妙な話だ。お前が、それに現場の刑事が、なんとなく奇妙な感覚にとらわれたとしても不思議じゃない——明白に自殺、つーか自殺未遂ではあるんだが、しかしその話じゃあ、酷《ひど》く衝動的というか……、いや、衝動的ってわけでもないのか？」

「ええ。そうですね。むしろ自然な感じです。お弁当を食べてから、それに連なる一連の定型動作、ルーチンワークとでも言わんばかりの、当たり前さでもって、彼女はその身を投げ出しています」

「死んでねーんだろ？」

「はい。一時は危篤《きとく》状態でしたが、今はだいぶん持ち直しています。全身を強く打っているので、予断を許さない状態が続いていますが」

「本人は何て言ってんだ——と聞こうと思ったんだけれど、その話を聞くと、意識は戻っていないって感じか？」

「はい。意識不明のままです。……命という観点だけから見れば、とりあえず取り留めましたが、このまま、意識が戻らない可能性が高いというのが、お医者様の見立てです」

「お前それを知っておいて、よくトランポリンとかボケられたな。大胆な」

「ボケたつもりはありませんよ」

「人が死んだり傷ついたりすることに鈍くなり始めたら、お終《しま》いだぜー？」

「それこそあなたに言われたくもありませんが……、そんなテンションのあなたにこれを言うと益々《ますます》喜ばせることになるかもしれませんけれど、仮に意識を取り戻したとしても、なんらかの後遺症は確実に残ることになるだろう、と」

「症状は深刻ってことか。現実って、そういうところが厳しいよな。生き死にの問題って、生と死でしか語られないことが多いけれど、しかし死は一種類しかねー割に生は実に多様で、しかも難しいんだよなー。なかなか、スイッチを切るようには死ねないさ」

「病気や老いと戦いながら生きなければならないのは、誰しも同じですか」

「なくして初めてわかる、健康のありがたみってことだろ。あたしだって、調子のいいときと調子の悪いときがあるからな」

「あなたは調子が悪いくらいで丁度いいと思いますけれど。……まあ、そんなわけで、本人から、その飛び降りの真相を聞くことはできません。このまま、聞けないままでしょう」

「事件の真相……この場合は、そいつの真意か。それはわからないままってわけか

——だけどそれじゃあ、お前達は納得がいかないってことだよな」

「納得がいかないというより、辻褄《つじつま》が合わないというような感触なんですよね……、もちろん、目撃者の証言によれば、これは自殺以外の何でもないでしょう。しかし、ためらいなく、何の迷いもなく、言ってしまえばノーモーションで自ら命を断つ一般人の存在を認めてしまうのは、ためらわれるものがあります。……どうしても、自殺者というより、被害者ではないのか——という気がしてしまうんです」

「被害者……、しかし、それはつまり、誰かに間接的に殺されたのではないかという可能性を、お前は考えているってことか？　自殺を強要されたのだと？」

「ありえなくはないでしょう？　たとえば、脅迫を受けていたとか」

「脅迫されていたとしても、ためらいなく飛び降りる理由にはならないけどな——いやむしろ、脅迫されていたほうが、最終的に飛び降りるとしても、ためらうはずだろ」

「ですね。だからなんというか、催眠術のようなもので——操られて、殺されたとか」

「うーん」

「あまり肯定的ではない反応ですね」

「現実味のない想像だからな。自分でもそう思うだろう？　催眠術で自殺や犯罪行為を強要はできないというのが、一般的な言説だぜ」

「そんなのあくまで一般論でしょう。例外はあるはずです。そもそも、あなたがよく知る世界の住人には、そういうことを専門にする人達だっているはずです」

「その手の奴らの話を聞かせるなと言ったのはお前だろうが。ふむ。しかしまあ、催眠術的なもので自殺を強要することが可能だったとしても……どっか違和感の残る話だとは思うぜ」

「思いますか」

「だって、実際、お前だったりが、違和感を感じちゃってるわけだろう？　ということは失敗じゃねえか。仮に自殺を強要できるのであれば、屋上から遺書を用意させて、飛び降りさせればいい」

「潤さん。違和感を感じるという表現は、感を感じると、漢字がかぶっているので誤用になりますよ。それを言うなら違和感を覚えるです」

「あたしは違和感を覚えるって言い方にも、考えてみれば違和感を覚えるけれど……覚えるって表現がもうわかりづらいだろ。歌を歌うみたいなもんだから、いいんじゃねえの？　あんまり細かいこと言うなよ」

「まあ日本語の誤用についてはまた席を改めて論じるとして、しかし……、そう、その通りなんですよね。もしも自殺に見せかけた殺人だったとするなら、これは失敗しています。だって、私達だけではありません。目撃者の、同僚の皆さんにしたって——口を揃えて『繰島さんが自殺なんてするはずがない』と言っています。自分の目で、彼女が自ら飛び降りるところを、はっきりと見ているにかかわらずですよ」

「だろうよ。……しかしそりゃあ、性格的なところも含めて、そいつの自殺はありえないって感じの物言いだな」

「そうですね」

「ふむ……ポイントはその辺か。えーっと。で、沙咲。そろそろ整理しておきたいところだけれど、ここらで話をまとめてみようか。結局、あたしは何をすればいいんだ？　お前の依頼内容ってのは——この自殺に見せかけた殺人事件の犯人を見つけてくれってことなのかな？」

「別に殺人事件と決めてかかるつもりはないんですよ、だから——自殺なら自殺でも、構わないんです。年間五百万人出ているこの国の自殺者に、ひとりが加わるだけの話なんですから」

「五百万人も自殺してねえだろ。大雑把なこと言うなよ」

「この国では誰もがゆるやかに自殺しているようなものじゃないですか」

「お前の人生に最近何があったんだよ」

「まあですからなんというか、すっきりさせてくれればいいんです——この事件に残る、違和感を。どの道警察としては、もう捜査を打ち切るしかないんです、いわゆる事件性のないただの自殺として」

「ただの自殺」

「ただの自殺。ですよ、不謹慎というわけでもありません。彼女が死ぬことで得をするような人間も、見当たりませんしね」

「奇妙なシチュエーションに、できるだけ合理的な説明をつけてくれってのが、依頼内容ということでいいんだな？」

「そうですね。できるだけ合理的な——まあ、完全に合理的な説明というのは難しいとは思いますし、私もそこまで高望みは致しませんが」

「そうだな。話を聞く限り、あんま裏がありそうな気もしねえ——意味がありそうな気もしねえ。が、まあ……調べてみるか、とりあえず」

「引き受けていただけますか」

「うん。やってみる」

「……不安を感じずにはいられない安請け合いですね。まあいいんですけれど……」

「とりあえず、そいつが飛び降りるところを目撃した、同フロアの同僚って奴をひとり、紹介してくれよ。贅沢を言えば一番近くでその飛び降りを見ていた奴が望ましい」

「はあ。一番近くと言っても、数メートルは離れていたと思いますけれど」

「それでいい」

「わかりました。ではそのように取り計らいます」

「よろしくー」

「その気楽さは如何《いか》にも信用できませんが……、ああそうだ、これは依頼とは関係なく、今日聞いてみようと思っていたことなんですけれど、潤さん、ひとついいですか？」

「いいよ、何？」

「潤さんは自殺を考えたことはありますか？」

■■

「――というわけで、あたしはあんたを紹介してもらったというわけだ。さあ、話を聞かせてもらおうか」

「はあ……、つまりなんでしょう、あなたは警察官……では、ないということなんですか？」

「違う違う、人類最強の請負人……、まあ、なんだろうな。捜査に協力する善意の一般市民だと思ってくれればいい」

「はあ……」

「別に納得しなくていいよ。疑問符は大事にとっておけ。かつ、また話したくないことがあったら話さなくてもいいし。大体の話は警察のほうから聞いているけれど、あたしがあんたを紹介してもらったのは、あれだ、あんたの生のリアクションを見てみたいってだけさ。安楽椅子《あんらくいす》探偵を気取るには、まだ未熟でね。つーか一生無理。生涯現場百遍って感じ」

「……繰島さんの話をすればいいんですね？」

「話せるのなら」

「……あなたも、自殺だと考えているんですか？」

「あたしはまだ何にも考えていないけれど。あんたの話を聞いてまずは立場を決めようって感じかな。でも、あんたは——あんた達は、自殺とは思っていないって立場なんだっけ？」

「そうですね……はい。私にはとても、彼女が自殺をするような人間だとは思えないんですよね」

「それは『その方法が奇妙だったから』ということではなく、人格的にという意味で？」

「はい。もちろん、昼休みにお弁当を食べた後にふらっと窓から飛び降りるというのも、おかしな話だとは思いますけれど……、でも、これがたとえば、深夜に屋上から飛び降りたというような話だったとしても、私は同じように、繰島さんの死を自殺だとは思えなかったでしょう」

「ふうん。しかし自殺を一切考えない人間なんて、そうそういないだろ。誰しも、人に言えない悩みを抱えていたり、人知れず絶望していたり、するもんじゃねーのか？」

「……そうですね。それは否定しません。自殺を一切考えない人間なんて、いないかもしれない——ただ、そう、状況的にも、そんな感じではなかったんです」

「状況的？」

「人生の状況的と言いますか……、詳しくは言えないんですけれど、彼女が長く根回しを続けていた仕事がようやく実を結び、会社が期待していた以上の大成功を収めそうだったんです」

「ふうん」

「もっともそれも、彼女が入院してしまったために、頓挫《とんざ》してしまいそうですが……、引継ぎもどうもうまく行かず」

「そのプロジェクトを頓挫させるために、彼女の命を狙《ねら》った奴がいるって線はねーのかな？」

「いや、まあ……、ないとはいいませんが。しかし、現実的ではないかと……大金の動く仕事ではありましたが、別段、命を狙われるようなリスキーな仕事を、彼女はしていたわけではありませんので」

「なるほど。状況的に自殺するわけじゃないっていうのは、それだけが理由か？」

「いえ、もうひとつ——彼女は、この六月に結婚披露宴を執《と》り行う予定になっておりまして」

「結婚披露宴？」

「はい。六月の花嫁というわけでして——私も招待状を受け取っておりました」

「六月っつーと、もうすぐじゃねえか」

「はい。そんなおめでたいイベントを目の前に、自ら命を断とうとするはずがないと、私は普通にそう考えてしまうのですが……」

「マリッジブルーってのは考えられねーのか？　逆に、結婚披露宴を後に控えてるからこそ」

「もちろん、女性にとって結婚が、必ずしも嬉しいだけのイベントでないことは承知しています。人生の転換期ではありますからね。しかし彼女に関してだけ言えば——とても幸せな結婚だったと思いますよ」

「幸せな——結婚」

「五年間付き合った、同期の社員との結婚でして——誰もが羨《うらや》む理想のカップルという感じでしたよ。結婚の準備をするための、ここ数年間だったようで……、ですからマリッジブルーですか？　そういうのとは無縁の、待ちに待った結婚式だったはずなんです」

「なるほどね。仕事面においても私生活面においても、何の問題もなかった、と。いや、その辺は実はと言うか、確かに、警察からももう聞いていたんだけどな。まさに今が幸せの絶頂期だったとか。自殺するような動機が一切見当たらないって、そう言ってたぜ」

「その通りだと私も思います。誰しも、死にたくなるような瞬間くらいはあるでしょう。衝動的に、ふらっと死にたくなることも、まああるかもしれない。思いついたみたいに」

「……まあそうだな。多少後ろ向きなことを言えば、人生ってのは、その『死にたくなるような瞬間』を如何にやり過ごすかというのがテーマみたいなところがあるからな」

「でも、少なくともあの日の彼女が、その瞬間を迎えたとは、私には思えません。他の同僚も——彼女を知る人物は全員、同じ意見だと思います」

「ふむ。しかし実際、彼女は飛び降りた」

「はい。飛び降りました。それは否定できません。誰に強要されたわけでもなく——でも彼女は、飛び降りるその瞬間でさえ、幸せそうに微笑んでいましたよ」

「んん？　幸せそうに、微笑んでいた？」

「あ、いえ——それは、私の目の錯覚かもしれませんけれど。でも、そんな風に見えてしまうくらい、彼女は多幸感にあふれている時期だったということです。飛び降りる直前、昼ごはんを食べている最中には、隣の席の子と昨日の夜放映されたドラマの内容について、談笑していましたよ。……ひょっとすると自分の話の内容が繰島さんを死に誘ったのかもしれないと、彼女は酷くショックを受けて、今は会社を休んでいますけれどね」

「そうかい。……ちなみに、結婚披露宴を開く予定だった、同期の社員ってのは、今はどうしているんだ？」

「やはりショックを受け、しばらくは会社を休んでいましたが……、しかし現在は職場に復帰しています。気丈にも」

「ふん。気丈にも、ね」

「？　披露宴自体はおじゃんという感じですけれど……まさか彼をお疑いなんですか？」

「いや、全然」

「全然と言われると、逆に不安になりますが……なんでしたら、隣の席の子や、婚約者の話も聞かれますか？」

「いやあ。そんなもろにPTSDを負ってそうな奴らにとどめを刺すような真似《まね》は、気が進まねえよ。まあどうしてもっつうなら聞かないでもねーけど、どうやらその必要もなさそうだし」

「は？」

「いやまあ、なんとなく事件の全容も見えてきたって気もするし。ところでなあなあ、あんた、こんな確率のギャンブルを知ってるか？　有名なギャンブルなんだけど……宝箱が三つあって、その中のひとつに金銀財宝が入っている。プレイヤーはまず、宝箱をひとつ選ぶ。そこで仕掛け人は、まあギャンブルで言うところの親は、残ったふたつの宝箱のうちひとつを開け、その中身が空であることを、プレイヤーに示す。残った宝箱はふたつ、このふたつのうちどちらかに金銀財宝が入っているわけだ。ここでプレイヤーは宝箱を選び直すことができるんだけど、さて、選び直したほうが得なのか、選び直さないほうが得なのか、それとも選び直しても選び直さなくても同じなのか。どれだと思う？」

「……？　なんですか、いきなり。存じませんが……、クイズですか？」

「ギャンブルだよ。いいから考えてみろよ」

「うーん。最初三分の一で金銀財宝を言い当てられる確率が、途中で二分の一になったわけですよね？　でも、二分の一なら、選び直しても選び直さなくても同じなんじゃないですか？」

「まあ直感ではそう思えるものらしいんだけど、実際はこれ、選び直したほうが得なんだよ。と言うのも、最初の選択で、金銀財宝を言い当てられる確率は、あんたの言う通り、三分の一だ。この場合、二回目の選択で変更したら金銀財宝を逃してしまう──逆に言えば、変更したら損をする確率が、三分の一ということじゃん。で、最初の選択で金銀財宝を言い当てられない確率は、三分の二。このとき、選択を変更すれば必ず金銀財宝の宝箱を選ぶことになるんだから、つまり変更すれば得をする確率が、三分の二ということなのさ」

「はあ──なるほど。面白いですね。ただ、それがこの件に、何か関係があるんですか？」

「ねえよ」

「ないんですか」

「ないけれど、ちょっと考えさせられるよな、この話。つまりこの確率のギャンブルのマニュアルを作るとするなら、『二回目の選択で、宝箱を選び直すべき』ってことになるんだが──このマニュアルに従うと、第一の選択で、ズバリ金銀財宝を言い当てることができていた幸運な人間は、損をするってことになるんだよ」

「はあ……」

「逆に言えば、三分の一を言い当てられない大多数の人間は、次の選択で得をすることになる。幸運が不運に、不運が幸運に、引っ繰り返るわけだ」

「引っ繰り——返る」

「運がいいってのは必ずしも幸せなことじゃねーんだろうし——幸福であることが、不幸に繋がらないとは限らないって、そういう話さ」

■■

「というわけで、死因は幸せだ」

「は?」

「幸せだったから繰島は死んだって話だ。自殺でいいんだよ、だから——」

「え? すいません、潤さん。話が唐突過ぎて見えてこないんですけれど……、どういう意味ですか? 幸せ過ぎて死んだ? なんですか、そのありふれた比喩みたいな話……死ぬほど幸せだったということですか?」

「まあ有体《ありてい》に言うとそんな感じ。説明終わり。じゃ、あたし帰るな」

「待て。帰るな」

「うわ、命令された。友達から」

「命令もします。そんなわけのわからんことを言い捨てられて、帰られてたまりますか」

「わかったわかった。そんな怒るなよ、軽いジョークじゃんよ。可愛い顔が台無しだぜ」

「えっ……」

「普通に照れるな。えーっと、何から説明すればいいか……っていうか、説明するようなことは何にもないんだけど。つまりさ、沙咲。お前が感じていた……覚えていた、か？　覚えていた違和感って、要するに、突然の自殺ってのもあっただろうけど、繰島箏子が、あまりにも自殺をしそうにない状況、環境にあったからってほうがでけーんだろ？　そういう言い方はしなかったけれど――感情に流されてるみたいで嫌だったからなのか、いきなりの自殺に疑問がある風に、思考が流れて行ったんだろ？」

「あ、いえ……いや、そんなことはないですよ。私はあくまで――」

「あくまで、方法の問題だと？」

「――ええ。彼女が幸福の絶頂にいたことは、もちろん、自殺者としてはおかしな話ですけれど、人間、どんな悩みを抱えているか、究極的にはわかりっこないんですから。どんな人間でも自殺する可能性はあります。それは心理学上、明らかになっていることです」

「心理学上ねえ。心理学ほど明らかになってない学問もねえと思うけどな」

「ですから、あくまでも私は――」

「ねえよ」

「え？」

「繰島箏子に、死ななきゃならないような悩みは――どころか、悩まなきゃならないような悩みは、なんもなかった。あたしは別に仮説や推理で喋《しゃべ》ってるわけじゃねーよ、ちゃんと調べてきた。直接話を聞いたのはお前に紹介してもらった同僚だけだけれど」

「で、でも――他からは窺《うかが》い知れない悩みがあったのかもしれないじゃないですか」

「いやいや、調べれば調べるほど、そいつの幸せさ加減がわかってくるだけだったぜ。わかりやすいところでは、宝くじが当たったりとか、な――まるで百年に一度の一人だけ好景気って感じで」

「はあ……」

「じゃあそれこそ仮に、だ。沙咲、仮に、被害者が不幸の絶頂にあって――仕事はうまく行かないわ結婚詐欺に遭うわ、みたいな――、そういう人物が、ふと仕事中に、窓から飛び降りたとして、お前はそこまで疑問を感じたか？　靴を脱がず、遺書も残さなかったとしても、調査の末にそれが明らかになったら、まあ不思議な死に方だと思うにしても、納得はするんじゃないのか？」

「……うーん。まあ、そうかもしれません。でも、潤さんだって、そんな自殺の仕方はおかしいみたいなことを言ってたじゃないですか。違和感が残るって」

「まあな。だからこそこの仕事を引き受けたわけだけど……でもそれも同じことだ。もしもあたしが調べて、彼女が不幸の絶頂にあったんだとすれば、『まあそういうこともあるか』と納得したと思う。仕事場のビルから飛び降りたのは、同僚に対する当て付け的な理解をしてな」

「ふむ……わかりました。それは認めましょう。目の前で見ても自殺が信じられないという、同僚の方々と、私の抱いている疑問は同じだとしましょう。でも、潤さん。実際は」

「そう。実際は、彼女は幸せの絶頂だった。そしてだからこそ──死を選んだ」

「………………」

「長い間取り組んでいた仕事が功を成したとか、五年間付き合っていた彼氏と遂に結婚することになったとか、まあそんな感じで」

「……つまり、燃え尽き症候群ということですか？」

「そういうわかりやすい言葉に逃げるのは感心しねーな。それに燃え尽きたわけじゃないさ。むしろ火の手がもっとも激しく燃え上がっていたときだ」

「……だからこそ、死ぬ？　いえ、本当に意味がわからないんですけれど……」

「だからさっきお前が、自分で言ったじゃねえか。死ぬほど幸せ。それが答だよ」

「いやいや、だからそれってただの比喩表現であって、実際に幸せだからって死ぬような人間はいないでしょう」

「どうかな」

「どうかなって……はぐらかすようなことじゃないでしょう。そんなのは明白です」

「確かに実行する奴は、なかなかいないと思うぜ。それも、そんな衝動的な感じでさ。しかし考える奴は、結構いるんじゃないかな。ここで死ねば、自分の人生はパーフェクトだって考える奴は」

「パーフェクト……終わりよければすべてよしと言いますけれど、まさかその言葉を地で行っているわけではないですよね？　いえ、地で行くというより、逆を行くという感じなんでしょうか……、幸せなときを、終わりにする、という……」

「ギャンブルってさあ、勝つことも難しいけれど、一番難しいのは止《や》めることなんだよ。それでも負けに負けが込んだら、最後にはギャンブルに参加することもできなくなるから、そこで止めざるを得なくなるんだけれど、しかし勝ってるときに止めることは非常に難易度が高い。理想的には、一番勝ったところで、勝負の場から退くのがもっとも正しい戦略なのにな」

「あなたは使いそうにない戦略ですけどね」

「大抵の奴は使えないよ。だけど、繰島筝子は使ったたって話。『人生の辞め時は今だ。最高に幸せな今だ』って思っちまったんだろ」

「突然ですか？」

「そう、突然」

「いや、言っている理屈だけはわかりますけれど、それってておかしくないですか？　もしも幸せの絶頂でこそ死にたいと思うのであれば、抱えていた仕事を成し遂げた瞬間、あるいは結婚披露宴の現場で――というのが正しいんじゃありません？」

「そこは経験則なんじゃねえの？　遠足は前日が一番楽しいって奴。わくわくしながら、隣の席の友達と、昨日見たテレビの話で盛り上がっているときに――彼女の幸せ度が、最高値を更新しちゃったんだろ。『こんな感じにお弁当を食べ終わった。幸せってこういうことなんだな』って思っちゃったんだろ。今死ななきゃやばいって、むしろそれくらい、追い詰められた気持ちだったたかもしれないな」

「…………」

「『その瞬間』をやり過ごせなかった――って話だ。あるいは幸せになんてなるものじゃないって話なのかもな、これって――夢は叶《かな》えるためにあるとか言って、でも叶えちまったら案外やることがなくなっちゃったりするじゃん。ま、どうしても納得できないってんなら、幸せの頂点を極めてしまって、だからこそ今より幸せになることはできない、逆に言えばこれから先は不幸になる一方だという風に、つまり将来に絶望して自殺したんだと考えたらいいよ。多少ズレるが、わかりやすい理解だ」

「つまり――結局はただの自殺ということですか」

「そう言ったぜ」

「まあ、私は納得しないでもないですけれど……、それって潤さんとの付き合いがあるからであって、そんな理論、上司に報告できませんよ」

「ま、そこから先はお前の仕事だろ。あたしに代わって頑張ってくれ」

「そう言えば、潤さん。前は答えてくれませんでしたよね――今、まるで繰島さんの気持ちが自分にはわかるみたいに、さんざん語ってくれましたけれど、潤さん、あなたは自殺を考えたことはあるんですか？」

「ああ。一応あれから、ずっと考えてはいたんだけれど」

「そこまで本気で考えてくれたとは……」

「ねえな」

「ないんですか――勝ち続けているあなたなのに。最強と言われて、その上はないのに、死にたくはならないんですか？」

「あたしの場合、幸せの基準が高いから。まあ夢は叶わないくらいが丁度いいって話さ。……いずれにしろ、繰島箏子もこれから先は、二度と自殺しようなんて思うことはないだろうよ」

「そりゃ、意識不明ですしね」

「仮に意識が戻ったとしてもさ。後遺症は残ってるし、取り組んでいた仕事は頓挫しているし、同僚は鬱になってるし、結婚披露宴だってお流れだろ。幸せの絶頂は――彼女にとっての『その瞬間』は、もう二度と訪れることはない。これから先は張り合いを持って、自殺なんて考えることなく生きていけるはずさ」

「……自殺は割に合いませんね。ひょっとしたら、幸せも」

「割に合うことなんかねえよ、人生に。幸福が不幸に転じることもあれば、不幸が幸福に転じることもある。成功が失敗に転じることもあれば、失敗が成功に転じることもある。先のことなんか、誰にもわかんねえさ」

だから人生は面白い。

哀川潤はそう言った。


Miss/ion3./complete…

哀川潤の失敗

Miss/ion4. デジタル探偵との知恵比べ

1

その恥ずべき依頼を持って、京都府警勤務、佐々沙咲《ささささき》が人類最強の請負人《うけおいにん》、哀川潤《あいかわじゅん》の下《もと》を訪れたのは、夏と言うには暑過ぎず、かといって秋と言うにはまだ早い、そんな季節のことだった。

「デンタル探偵？　デンタル？」

「いえ、デジタル探偵……、デンタルじゃなくて……、て言うか、聞き違えるはずがないでしょう。字の上では似ているかもしれませんけれど、デジタルとデンタルを聞き違える人がいますか。デンタル探偵ってなんですか。歯がどうしたんですか」

「突っ込みが激しいな……、さながら因縁のような突っ込みだな。なんだよ。なんで不機嫌なんだよ」

ふざけて悪かったよ、と哀川潤は謝ってはみたものの、しかしこれについては佐々沙咲のほうがたかだか軽口に対していくらか神経質になっていたと言えよう——実際彼女は、そんな依頼を親友である哀川潤のところに持ち込むことが非常に不本意であり、神経質というより、そう、まさしく不機嫌だったのだ。

どうして私が、と。

そういう気持ちがぬぐいきれない。

どうしてと言うならば彼女には上司・上役という神のごとき存在がいるからなのだが——すまじきものは宮仕えとはよく言ったものだ。

「デジタル探偵です」

「はあ……まあ探偵っていうのは、だいたいデジタルなもんだと思うけれど」

「じゃなくって……、まあ、平たく言うとロボットなんですけれど。いや、ロボットと言いますか、探偵ソフトがインストールされた、専門色の強いスーパーコンピューターと言いますか……」

佐々は言う。

彼女自身、よくわかってはいない、そしてよく思っていない存在のことを紹介しているので、語調がやや自信に欠けたものになるのは避けられない。

普段の哀川潤ならばその点に嬉しげに突っ込んでくるのだが、しかし佐々の不機嫌さを見てとったのか、おとなしく聞いている。

意外と気ぃ遣いな彼女なのだ。

「そのスーパーコンピューターの正式名称はSH－43型と言うらしいんですが」

「SH……？　ああ」

一瞬首をひねり、その後頷《うなず》く哀川潤。

「シャーロック・ホームズってことなのかな」

「よくわかりますね……」

「感覚的にな」

「感覚的……と言うのなら、SH－43型、通称デジタル探偵は、そういった『感覚』とはかけ離れた存在ですよ」

佐々はメモを見ながら言った。

記憶力はよいほうなので、別段メモなど見なくとも説明・解説はできなくもないのだけれど、それでもあえてメモを見ながら喋《しゃべ》ることによって、『こういう知識は私の中にあるものではない、あくまで私は情報の通過点に過ぎないのだ』ということを、信頼する友人にアピールしているのである。

彼女も彼女で気ぃ遣いだ。

「ほら、昔、そういうのがあったの、覚えてませんか？　チェス名人に機械が勝ったとか、将棋の名人に機械が勝ったとか……オセロじゃもう敵なしだとか……」

「ああ、あったな」

最近じゃあクイズで名人に機械が勝ったってのもあったっけ——と哀川潤は言う。

「あれはワトソンって言ったたっけそう言えば」

「それは、ドイル由来ではないそうですがね」

「まあそういうのもパターンがあるから、必ずしも一般的な例だとは思わねーけどな。名人に勝てない機械もいっぱいあるわけだし」

「そうですね……、ただまあ日進月歩どころか秒進分歩な昨今、機械の思考ルーチンが一昔前とは比べ物にならないほど飛躍的に発展していることは確かでして」

そして佐々は本題に入った。

「今回開発……と言うか、発明されたのが、SH-43型、デジタル探偵というわけです。その名から想像できるとは思いますが——コンセプトは、いわゆる『探偵名人』に勝てる機械、と言った感じなんですね」

「探偵名人……」

「ええ」

シャーロック・ホームズ。

エルキュール・ポワロ。

明智小五郎《あけちこごろう》。

金田一耕助《きんだいちこうすけ》。

「そんな感じの……ええまあちょっと、私の場合はやや知識が古典に偏《かたよ》ってますが、いわゆる探偵名人を超える、捜査用のマシンというわけです」

「しかし探偵名人って言い方はどうなんだろうね。なんか探偵が競技みてーじゃねーか。へえ……まあいいけど。とにかく、そういう機械の開発に成功したってこと？」

「はい。私もよくは知らないのですけれど、対象となる事件の情報を入力すれば、統計学的観点や論理的思考からその情報を分析し、犯人を指摘する——そういう探偵ソフトらしいです」

本当にそういうものがあるのかどうかは眉唾《まゆつば》ですが——と、佐々は一応付け加える。もっとも、そんな話が佐々のところにまで降りてきている時点で、そのモノ自体は存在するのだろうが。

いや、機械による事件の分析自体ならば、現在でも普通に行われている——情報のデジタル処理なんて、現代では当たり前のことだ。

言うなればそのSH-43型は、それを大規模なスケールで行っているに過ぎない。

だから問題はその精度である。

「問題はその精度だよな」

哀川潤は言った。

「どれくらいの精度で、犯人なのか、事件の経過なのかを、そのデジタル探偵ってマシンは突き止めてくれるのか……ってのが問題になってくるんだろうけれど」

「ええ……まあ試作段階では、百パーセントの精度だと謳《うた》っていますが」

「そりゃすげえ」

明らかに馬鹿にしたように言う哀川潤。

まあわからなくもない。

百パーセントなんて確率の存在のしにくさを、誰よりもよく知っているのが哀川潤なのだ――はばかりながら佐々だって、それなりに知っている。

と言うか、百パーセントなんてものが存在しないからこそ、哀川潤がいるのだ。

だからこそ彼女は、百パーセントの事件解決率を謳うデジタル探偵が信用できないのだ。

「缶堂《かんどう》開発所の所員が開発したマシンなんですけれど……まあ、百パーセントというのは、あくまでも謳い文句だと思います。というのも、但《ただ》し書きとして『入力される事件の情報が不足している場合は、その限りではありません』なんて一文がありましたから」

「『個人の感想であり、効果・効能を保証するものではありません』みてーだな」

「いずれにしても試作段階は終わり、これから実験段階に入りたいそうなんですが」

「いいんじゃねえの、入れば？　機械が探偵をしてくれるようになったら、あたしとかは楽で仕方がねえや」

「そうですか？　そんな機械が一般化してしまえば、機械が人間から仕事を奪うことになってしまいますよ。私は警察官とはいえ親方日の丸の公務員ですからなんとかなりますが、潤さんはもう、商売あがったりじゃないですか」

「あがってもさがっても、楽なほうがいいに決まってるじゃねーか。機械が仕事を奪ってくれて、働かなくてよくなったら、それに越したことはねーよ。なんだったらあたしは、その開発に協力してやってもいいくらいだぜ」

性格的に考えて哀川潤は、あくまでも韜晦《とうかい》してそう言ったのだろうが、しかしたとえ冗談でも、そう言ってくれたらこの先の話が進めやすい。

「まあそういう話なんですが」

「ん？」

「協力して頂きたいんですよ」

この言い方だと、まるで私が潤さんに協力を要請しているようだ、と佐々は自己嫌悪に陥《おちい》るが、しかし構図としてはまさしくその通りなので、そこをうまく偽《いつわ》ることはできない。

「実験段階というか——実践段階というか」

「は？　なんだよ、曖昧《あいまい》な物言いだな」

「ですから、潤さんに勝負して頂きたいんですよ——デジタル探偵と」

「…………」

実際、依頼の根幹となる部分をこうして説明してみると、やはり図々しいお願いを友人にしていることがわかる。

友情に亀裂が入ってもおかしくない。

だって、要するにこの依頼は——デジタル探偵という新しく完成された概念との比較対照、と言えば真っ当な勝負にも思えるが、かませ犬になってくれと頼んでいるに等しい。

「んん？　勝負？」

沈黙した後、哀川潤は佐々に、話を促《うなが》すように訊《き》いてくる。

「どういうことだ？　どういう意味だ？　それはつまり、あたしに、『名人』として、デジタル探偵と競えって意味か？」

「端的に言えばそういうことです」

というか、どう言ってもそういうことだった。

他の表現が思いつかない。

「まあ実験と言えば聞こえはいいですけれど……、いや別によくはないんですが、とにかくデジタル探偵を実戦に投入するにあたって、開発所としては箔《はく》が欲しいんだと思います。つまり、『探偵能力において、本マシンは哀川潤を凌駕《りょうが》しました』と」

「……そりゃあ、個人の感想じゃあねえなあ」

哀川潤はそう言ってシニカルに笑った。

その表情の内面に含まれるものは、読めない。

友人からの失礼な申し出に、彼女は一体今、どんな気持ちなのだろうか。

「あたしと真心《まごころ》が競うのとじゃ、だいぶ意味合いが違いそうだ」

「断ってくれて構いませんよ——というか、断ってくれると助かります。もちろん警察とすれば、そんなマシンが捜査の現場で利用されれば、今よりも多くの事件を解決できるのかもしれませんが——だからと言って、それに潤さんが協力しなければならない理由はないと思いますし」

「実際問題、そんな機械が捜査の現場に投入されることはねーと思うけどな……、証拠能力がないとかなんとか、そんな話になるだろ。DNA鑑定とか嘘《うそ》発見器の精度が問われるみてーなもんでさ」

「ですからその精度について、実績が欲しいんでしょう。実績として、哀川潤に『勝って』いれば、現場でもそれなりに信用はされるはずですから」

「よしわかった。そういうことなら協力しよう」

「ええ、そうですね、断っていい話だと思います——って、え？」

意図せず、ノリ突っ込みのようなリアクションになってしまった。

なんだ？　今何と言った？

協力すると言ったのか？

「ただし条件があるぜ——探偵としてその機械と競うっていうんじゃ、いまいちそのデジタル探偵氏の能力を測れねーだろ。だから」

そして哀川潤は、更にシニカルに笑うのだった。

「あたしは犯人として——デジタル探偵に挑もう」

2

実際問題、事件のありよう、犯罪のありよう、そして探偵のありようというのは時と共に、人間の開発する技術と共に変化する。

もっともわかりやすい例として言うならば、たとえば携帯電話が一般化する前とした後とでは、ミステリーの姿は全然違うのだ。

『嵐の山荘』の存在は、物理的に難しくなっていく——大雨が降るだけで、屋敷が外部から孤立した時代が懐かしい。

自動車。

新幹線。

インターネット。

人間社会にイノベーションが起こるたびに、ミステリーの世界にもイノベーションが起こるというわけだ——だからこそ。

デジタル探偵との『勝負』というのも、人類最強の請負人、哀川潤にとっては、こういう機会でなかったとしても、いつかは向き合わねばならない——いつだって向き合わねばならない、壁だったのかもしれない。

「おはようございます。今日はよろしくお願いします」

と。

この日のために『犯罪現場』として用意された屋敷の前で——缶堂開発所、第一開発部主任、缶堂妙香《たえか》は慇懃無礼《いんぎんぶれい》に、哀川潤と、その付添いの佐々沙咲に頭を下げる。

缶堂はにこにこしてはいるものの、そこに親しみやら、『人類最強』に対する敬意やらは感じ取れない——まあそりゃそうか、と佐々は思う。

デジタル探偵を開発した責任者である彼女からすれば、哀川潤は宣戦布告をかました相手であり、そして哀川潤はその宣戦布告に対し、これ以上ない挑発を返して来たのだから。

友好的な雰囲気などあるはずもない。

あとはどこまで大人になれるかと言うだけの話だ。

「うん。よろしくー」

……哀川潤は、あるはずもないその友好的な雰囲気の中にいるかのごとく、ゆるい口調でそう言って、缶堂に対して右手を差し出した。

まったく大人になれていない。

「……ええ、で」

缶堂はその右手を無視して話を進める——まあその態度を失礼と言うのならば、そもそも勝負の場において握手を求めた哀川潤のほうが缶堂に対して失礼だっただろうから、そこまで責められるようなものでもないだろう。

「勝負の条件に、付け加えるべきことはありませんか？　哀川さん」

「ねーな」

哀川潤は手を引っ込めつつ、言う。

普段の彼女ならば『哀川さん』などと呼ばれれば、『あたしのことは苗字で呼ぶな。苗字で呼ぶのは敵だけだ』と言うはずだったが、この場合、缶堂はまさにその敵なので、そんな訂正はしなかった。

その代わりに、確認するようなことを言う。

「この屋敷の中で、今日中にあたしが殺人事件を起こす——今日中ってのは、まあ、二十四時間以内ってことで。そしてその後の二十四時間以内に、お前の開発したデジタル探偵とやらが、推理……なのか、捜査なのかを開始して、事件を解決できたら……、つまりはあたしが犯人だと証明することができたら、お前の勝ち。できなかったらあたしの勝ちというのが、今回のルールだ」

「……一応付け加えておきますと」

佐々は横から口を挟む。

哀川潤の言葉だけ聞いていると、それはあまりにも物騒なルールである——あまりにモラルと無縁でフリーダムだった。あくまで実験というか……この場合は推理ゲームなのだということを忘れてはならない。

「この屋敷は、赤神《あかがみ》財閥の関係者に貸して頂いた建物であり、実際には誰も住んでいません。このゲームのために、我々京都府警の人間が何人か、住人役として、『設定上』住んでいる振りをしております——『屋敷の主人』、『その夫人』、『長男』、『次男』、『長女』、『メイド』、『執事』、『料理人』、そして引退した『屋敷の主人の父』——以上の九人が屋敷の中に『住んで』います。哀川潤さんは屋敷を訪ねてきた『主人の友人』というようなポジションだと思ってください——そういう仮定です」

佐々の言葉を受け、

「ええ」

と、缶堂は手に持っていた小型のノートパソコンのキーボードをかたかたと打つ。滑らかなキータッチが、嫌味でさえある。

「大丈夫です。その設定は、既に入力済みです——まあ現実のデータとは違う偽情報を前提とすることになりますので、データを元に事件を分析するSH-43型にとってはやや不利な条件となりますが、その程度はハンデとして受け入れられる範囲内のことです」

「そのノートパソコンの中に、デジタル探偵がインストールされているわけ？」

缶堂の嫌味な口調を意に介することもなく、哀川潤はそんなことを訊く——缶堂はそれを鼻で笑うように、

「まさか」

と言う。

「こんな貧弱なマシンでは、とてもじゃありませんが走らせられませんよ。開発所にあるスーパーコンピューターと通信しているだけです——そのためにわざわざ、中継車を用意したのですよ」

こんな山奥までね、と続けた。

中継車か、と佐々は思う。

一応はこの山奥は、携帯電話の圏外ではあったのだが、『嵐の山荘』なんて、やはり現代では不可能なのだなあと、しみじみと実感する——

「……もちろん実験であり、言うなればルールのあるゲームですので、哀川潤さんは本当に殺人事件を起こすわけではありません。あくまで設定上、哀川潤さんには屋敷内の『誰か』を殺していただくことになります——九人のうち誰を『殺す』のかは、哀川潤さんの裁量次第です」

「つまり、動機の面からの推理は不可能ということですね」

缶堂の言葉に佐々は頷き、

「はい、あくまでも証拠や論理に基《もと》づく推理をお願い致します」

と言った。

缶堂の慇懃無礼さがうつったような口調になってしまったことに気付くが、まあ、訂正するほどでもあるまい。

「んじゃ、さっさと始めようか」

と、哀川潤。

「今が八時五十五分だから……午前九時ちょうどからゲーム開始ってことでいいかな」

「ええ。では、そういうことで——よろしくお願いします。二十四時間以内であれば、哀川潤さんはいつでも事件を起こして構いませんが、起こした直後に、屋敷外で控える缶堂さんにそれを知らせてください。事件を起こしたことそのものを隠蔽《いんぺい》するのは反則と見做《みな》します――これはまあ、実際的な犯罪とはズレてしまいますが、あくまで実験ということで……」

「おっけ」

と、頷き、哀川潤はしつこく、缶堂に対して握手を求めたが――しかし缶堂はあくまでもそれを無視する。

ふ、と苦笑して彼女はその手を再び引っ込めた。

「んじゃ、プレイボール――」

哀川潤はそう呟《つぶや》く。

あるいは機械よりも正確な体内時計でも持ち合わせているのか、その呟きは九時ちょうどに行われていて――そしてその直後。

屋敷の裏手で、爆発が起こる。

3

「なっ……爆発っ!?」

ここまでずっと、冷静というか、冷笑的な態度を貫いていた缶堂が、その光と音にさすがに驚く——しかしその取り乱しようを笑うことは、少なくとも佐々にはできなかった。

そのことについて取り乱すという点においては佐々も大差なかったからだ——なんだ？

一体何が起こった？

「あはははははは！」

と、しかしその場にいるもうひとり、哀川潤は、缶堂の——ひょっとすると佐々かもしれないが——狼狽《ろうばい》っぷりに遠慮も会釈もなく、げらげらと爆笑するのだった。

「いやいや。爆発じゃなくて爆破だよ。屋敷の裏手に通ってる電気ケーブルと、予備電源用の地下の自家発電機を爆破したんだ——えっと、誰かが」

「だ、誰かって……」

「これでしばらくは、そう、少なくとも四十八時間くらいはここら一帯は停電だぜ。しかも同時刻、山道も爆破して土砂崩れを起こしておいたから、ふもとまでバッテリーを取りに行くこともできねーから……、そのノートパソコンは、今あるバッテリーに頼るしかねーぜ」

「！」

缶堂は、ようやく状況が呑《の》み込めたようで、そのことでむしろ驚きから回復する。

「あ、あなたの仕業《しわざ》なんですか……！」

「さあ、どうかな——って、いや、別に、そこは勝負とは無関係の部分だから言ってもいいのか。沙咲、勝負はあくまでも、あたしが起こす殺人事件に対する推理の成否なんだよな？」

「は、はい……」

問われるがままに頷く佐々ではあったが、別段、哀川潤の味方をしているというわけではない。あくまでこの場における佐々の立場は、立会人として中立である。

しかし、佐々は完全に飲まれてしまっていた。

なんだ？

この友人は、一体何をした？

「で、でも——あなた、何を」

「いや、デジタル探偵の弱点その1って感じだぜ。デジタルってことは、電気がなきゃ何にもできねーだろ」

「……………！」

それだけのための——爆破か。

昨日のうちにそんな準備をしていたのだろうか、確かに赤神家と哀川潤との繋《つな》がりは、色んな意味で強いので、その辺りの段取りは簡単なのかもしれないが——いそいそと、あるいはわくわくと、夜のうちに知り合いの家に爆弾を仕掛ける哀川潤の姿が容易《たやす》く想像でき、佐々は頭痛にとらわれた。

やっぱりやめておけばよかった、と思う。

首を覚悟で上司命令を拒否するべきだった。

「そ、そんなことでSH-43型を封じたつもりですか？　そんな卑怯な手で……」

缶堂は感情的に哀川潤を睨む。

「生憎《あいにく》ですが、このノートパソコンのバッテリーは、四十八時間くらいは持ちますよ。仮に消耗してしまったとしても、予備のパソコンが中継車に積んであり——」

「わかってるよ、そんなこと。あんな爆破はあくまでも挨拶代わりだ」

と、あくまで楽しそうに言う哀川潤。

完全に悪役の風格である。

「本気で爆破で勝負を決めたかったんなら、中継車のほうを爆破するさ——ま、もっとも、そんなことをしたら中継車に乗ってるお前の部下まで吹っ飛ばしちゃうからしなかったってのもあるけども」

人殺しなんてするつもりはねーし、と、これからゲームの設定上殺人者になる哀川潤は、抜け抜けと言う。

見れば、屋敷の裏手から上がっていた煙があっという間に消えていく――どうやら、消火するまでもなく、延焼しないような仕掛けをあらかじめ打っていたらしい。

確かに山火事にするつもりはなかったようだ。

「まあでも、もっともあたしが本当に犯罪を企《たくら》む犯人で、デジタル探偵って奴《やつ》を敵に回すとわかっていたなら、こういう手を使うって話さ――昔の小説じゃあ、よく電話線を切るってことをやってたけれど、今なら、電源ごとぶっ壊さないとな。プラス、そうだな、携帯電話も全部、ハンマーか何かでぶっ壊すかな――」

そうやって『嵐の山荘』を作るだろうな。

言って、哀川潤は缶堂と佐々に背を向けて、屋敷のほうへと歩んでいく――まさしく挨拶代わり、強烈な先制パンチといった感じだった。

「…………」

爆破という乱暴な手段はともかくとして――それは単純に、哀川潤が派手好きの火薬好きだからそうしただけであって――今の彼女の行為を現実的に解釈するならば、通信妨害用の高電磁波を屋敷に浴びせる、ということになるのだろうか。

電子機器に対して電子機器で対応するとでもいうような……、確かに、探偵側が電子の力を使ってくるというのに、犯人があくまでもアナログにこだわるというのもおかしな話だ。

実際、携帯電話が嵐の山荘を消したのと同じくらい、かの機器は犯罪にも利用されている。

哀川潤がその気なら、この瞬間に勝負は決まっていたのかもしれない……。

「ふん……噂以上に滅茶苦茶な人ですね。乱暴というか。気に入らないことがあったら暴れる子供のような人ですね。ゲームがクリアできないからって、ケーブルを引っこ抜くような真似《まね》を」

缶堂のほうは、そこまで考察することはなかったようで、あくまでも哀川潤の行為を『暴力』としてとらえたらしかった。

まあそれが普通だろう。

佐々は哀川潤の友人ゆえに、ひいき目に考えているだけだ。

言いつつもバッテリーを温存するためだろう、彼女は手にしていたノートパソコンの電源を落とし、ぱたんと畳んだ。

「そういう古い世代の人間だからこそ、SH-43型の最初の敵に相応《ふさわ》しいですけれどね」

……もちろん。

もちろん彼女、缶堂妙香はこの四十八時間後、この発言を撤回することになる——というより、真逆の主張を行うことになる。

いわく。

どんな大犯罪者を敵に回すことがあろうとも、哀川潤だけは敵に回してはいけなかった——と。

4

「いや、こんな勝負に参加してるからって誤解してるかもしんねーけど、沙咲、あたしって別に、機械とかデジタルとか、嫌いじゃねーんだぜ。つーかむしろ大好きだし」

便利だもん、と言う。

屋敷の中の一室——『客人』役である哀川潤に用意された部屋である。

ちなみに缶堂をはじめとする開発所の面々は、屋敷の外で、事件が起きるまで待機している。

『偶然事件現場に居合わせた探偵』という設定にするには、デジタル探偵では無理があるという判断である。

「玖渚《くなぎさ》ちんからよく技術提供を受けるしな。なぜか肉体ひとつで戦う請負人ってイメージを押し付けられがちだけれど」

「なぜかって言うなら、それは肉体ひとつで戦ってるからじゃないでしょうか……」

佐々は呆《あき》れ混じりに言う。

「爆破はやり過ぎでしょう。あんな肉体派な行動がありますか」

「でもあの爆弾も電子制御だぜ」

「てっきり潤さんは、やっぱり機械が自分の仕事の領域に食い込んでくるのを、嫌ったのだと思いましたけれど」

「いやだから、それについては既に本音を述べただろ。機械が働いてくれたら楽でいいって……、生憎あたしは、そんな懐古趣味ねーよ。基本的に人間の技術は肯定する」

どんな邪悪なものであれ、と言う。

まあ人間を、正確に言うならば人間の可能性を徹底的に肯定する哀川潤ならばそうなのだろう——むしろ彼女は、人間が怠惰に、『今』に甘んじることに怒りを覚えるタイプだ。

デジタル探偵という新しい概念には、だから興味津々なのだろう——つまり、もしも気に入らないことがあるとすれば。

——自分をかませ犬扱いしようとした、缶堂開発所の連中に対してなんだろうなあ……。

確かにその辺は、缶堂妙香の言う通り——子供である。

ただその子供を相手取ろうとしたのは開発所のほうなので、佐々には哀川潤を窘《たしな》めることはできない。

「私は、捜査における機械の導入には、否定的ですけれどね」

「んー？　そうなのか？　便利だと思わないか？　捜査でもそうだけれど、裁判とかでもさ。裁判員制度とか今やってるけれど、そういうんじゃなく、証拠や証言をデータとして入力したら、『有罪』か『無罪』かを表示してくれるマシン……あるいは量刑とかも決めてくれる、とか」

「……そういう機械任せを推し進めていくうちに、そのうち、死刑の執行も機械に任せることになるのかもしれませんね」

いくらかの風刺を込めて、そう言った佐々に、哀川潤は、「それはそれでいいことだろ」と言う。

「裁判員や死刑執行人の、現在かかっている精神的負担は減ると思うぜ。その功績を無視はできねーだろ」

「……正論だとは思います。ただ、その正論は、現代にはまだ早いでしょうね。電子書籍がいまいち一般化しないのと同じ理由で」

「まあ電子書籍が発展しない理由は、もうちょっと別なんだけどなー……あれこそ、もうちょっと人類の意識が変わらないと、普及は難しいだろ」

「……………」

「金にならねえって点じゃあ、しかし電子書籍とデジタル探偵は共通してんのかもな。だからあの開発主任も、予算を分捕ろうと四苦八苦してるわけだし……。まあ書籍でも電子書籍でも、推理小説のあり方ってのは、今後もどんどん変わっていくだろうけどな。これからの探偵は、スマートフォンを持ってねーと仕事になんねーだろ」

「探偵の語る薀蓄《うんちく》があっさり検索できちゃう時代ですからね」

「嵐の山荘でもよ、あれだ、閉じ込められた登場人物達が呟くわけだよ。『閉じ込められてるなう。疑われ中なう』って」

「それこそ爆破でもして、停電状態にしないことには、嵐の山荘は作れないってことなんですかね——そのうち検索エンジンを使えば、犯人がわかる時代になったりして」

「今でもありえねー話じゃねーだろ。知識量でネットに勝てる探偵なんていねーだろうし——あのデジタル探偵も、あくまで時代の先駆けであって、オンリーワンじゃねえだろ。あの開発主任も得意ぶっちゃいるけれど、あんなもん、すぐに一般化しちまうぜ」

「一般化ですか……」

実際にはそううまくはいかないだろう。

その探偵ソフトを動かすためにスーパーコンピューター一台が必要になっているこ

とを思うと、お金の問題がそこには立ちはだかるはずだからだ。

だから開発所は、予算を国から引き出すために——哀川潤をかませ犬に選んだのだろうが、しかし、どうだろう。

その判断こそが、彼らが冷静な判断力を失っていることの証明かもしれない……。

「ところで潤さん」

「なんだよ」

「どうしてゲームは始まったというのに、あなたは行動を起こさず、部屋のベッドでごろごろして、私との雑談に勤《いそ》しんでいるのですか？」

佐々はゲームの証人として、哀川潤の行動を逐一監視する役割を、今負っているわけだが——しかし、だとすると今のところ、『哀川潤はゲーム開始以来、部屋で寝ている』としか報告することができない。少なくともなんらかの犯罪を計画し、その準備を着々と進めているようには見えなかった。

「いーんだよ、これで。だってルール上、あたしは二十四時間以内に事件を起こせばいいんだろう？　だから二十三時間目くらいまでは、のんびりしておいても問題ないって話じゃねーか」

「……それはそうかもしれませんが……」

「事件が起きた瞬間から、デジタル探偵は稼働していいって話になってるんだから、だったら、できるかぎり、事件は遅く起こしたほうがいい――それに、こんな風にあたしがのんびりしておけば、デジタル探偵も焦《じ》れるかもしれねーしな」

「焦れる？」

確かに相手の持ち時間を減らすために、事件を起こすのをタイムアップぎりぎりにするというのは、これをゲーム、あるいは勝負ととらえた場合は有効な戦略かもしれないが――しかしどうだろう、焦れるというのは？

「相手は機械ですよ、潤さん。言わずもがなのことですが――そういう揺さぶりみたいなことが、通じるはずがありませんよ。それで判断力が鈍ったり、判断を誤ったりすることは……」

「いやいや、案外そうとは限らないんだぜ」

哀川潤は言った。

寝ころんだままで。

「機械だからミスがないと思ったら、大間違いだ」

5

結局、本当に二十三時間の間、哀川潤は何もせずに部屋で眠り続けた――普通の人間ならば、二十三時間寝ることがそもそも不可能だと思うのだが、否、たとえ眠るのでなくとも、『何もせず』に二十三時間過ごすという苦痛に耐えられるはずもないのだが、しかし哀川潤はそれをやり通した。

実際、それを監視し続ける佐々にしたって、その苦痛に昏倒しそうになったほどだが……いや、意地を張らずに言ってしまえば、ベッド脇の椅子《いす》で、何度となくうとうとしてしまったのだが。

起きているときは三日だろうと十日だろうと徹夜を続ける哀川潤のこと、眠れるときにはいつまででも眠るという、動物のような特技を身に付けているのかもしれない。

相手が哀川潤でなければ、自分がうとうとしている間に抜け出して、監視の目のないところで、何か屋敷内で小細工を弄《ろう》しているのではないかという疑いを持つところだが、しかし相手が哀川潤となれば、その心配はない。

もしも弄すると言うのならば細工ではなく『い』のない策だろうし、しかもそれは、爆破やら炎上やら、あるいは破壊やら、何らかの目の覚めるような火花を伴うものであるはずだ。

「潤さん、潤さん。もう時間ですよ」

しかしどころか、二十三時間を過ぎても哀川潤が活動を開始する気配がなかったので、やむなく佐々はゲームに関与することにして、まどろむ彼女の身体を揺する。

「ん？　なんだ？　もう朝か？　やべえな、ハートキャッチプリキュアが始まっちまうぜ」

「やめてください、ハートキャッチプリキュアはもう終わったんです！　どんなに日曜日に早起きしても、もう見れないんですよ！　放映されていないです！」

「なんだと、マジでか。じゃあ映画を見に行こう。サラマンダー男爵も登場するらしいし……あれ？　ここどこだ？」

「…………」

冗談や軽口で言っているわけではないらしく、哀川潤は本気で当惑しているようだった。目が覚めて、知らない屋敷の知らない部屋、知らないベッドで寝ていたら、さすがの彼女も面喰うくらいのことはするらしい――哀川潤の人間らしさを垣間見た気もした、けれどそもそも、人間ならば、いくら寝起きであれ、自分がこの状況で、どんなゲームに参加しているかを失念したりはすまい。

「いったい今何が起こってるんだ。沙咲、説明しろ」

「はあ……」

シリアスな顔でそんな風に迫られても、いまいち緊張感に欠ける。しかし質問されれば答えないわけにはいかず、佐々は現在の状況を説明した。

「なんと。そんな馬鹿なゲームにあたしは参加しているのか。信じられねえ。なんて膨大な時間の無駄遣いだ」

「今さら投げ出すとか言わないでくださいね……、もう既に、結構な人とお金が費やされているので。本気で税金の無駄遣いになりますし」

何より哀川潤が屋敷の電気系統と山道を爆破している。

今更この企画、後戻りはできない。

「おっけー、おっけー。じゃあ、この屋敷にいる誰かを、デジタル探偵の奴に気付かれないようにあたしがぶっ殺せばいいんだな？」

「……あの、ゲームですからね？　本当に殺しちゃあ駄目ですよ？」

「でももしもこれがミステリー小説だったなら、ゲームのはずが本当に人が殺されるって展開になるはずだぜ」

「ミステリー小説じゃないので安心してください」

「そうなのか」

言いながら部屋を出て行く哀川潤。

起きて一分で行動できる即時性はさすがだ――ちょっとしたパソコンよりも起動が全然速い。そういう意味では、哀川潤は現状十分に、機械よりも一歩先んじていると言えそうだ。

「で、潤さん。誰を殺すんですか？」

聞きようによっては物騒極まりない、佐々からの質問に、哀川潤は、

「最初に会った奴」

と、更に物騒な返答をしたのだった。

6

一時間後——タイムアップ直前にデジタル探偵開発主任、缶堂妙香が目にする『事件現場』は、かなり凄惨《せいさん》なものだった。

いや、それがゲーム上のことでなく、これが現実のことだったならかなり凄惨だっただろうと思わせるものだった、というのが正確なところだが。

屋敷のリビングの中心に、『ナイフ』を突き立てられた『長女』の『死体』——そしてリビングはその『長女』の『血液』で、真っ赤に彩られていた。

彩られていたというのは比喩ではなく、文字通りの意味合いで、『長女』の『血』、ということになっている色濃い血糊《ちのり》で、かなり大がかりな文字が、部屋いっぱいに書かれていたのだ。

それは数字であり、どこを起点とするべきかはわからないが、たとえば一部だけ取

り出してみると、

「1241235828992834722938462398462934629
01923109238012398102937123120937102937
1031241441241231231231312397123091273
……」

という感じだった。

普通、こういうゲームをするのならば、デジタル探偵に入力されるデータを少しでも少なくするために、できる限り『おとなしい事件』を起こすはずだが——

哀川潤はその真逆を行くようだった。

「どうだ？　犯人、わかったか？」

『死体』と『事件現場』を前に唖然《あぜん》としている缶堂の後ろから、哀川潤が声をかける——哀川潤の後ろには、監視役、見届け人の佐々が、呆れたような顔をして引っ付いていた。

「……すぐにわかりますよ。こんなに派手な、劇場型の犯罪を演出されたら……正直、がっかりしているところでさえあります。哀川さん、あなたは勝負を投げたんじゃないですか？　勝てそうもないからといって、とにかく派手な真似をして、負けるにしても、印象だけは残して伝説になろうとか……」

「伝説にはもうなってるから、そんなことはしねーよ」

飄々《ひょうひょう》と、哀川潤は言って、

「ほら、早く捜査を始めてみろ」

　と挑発する。

「言われるまでもありません……今スタッフが総がかりで、データを集めているところですよ……、この部屋の、こんなどぎついメッセージだけにとらわれることなく、ね」

「そうといたほうがいいぜ。こんなのは、捜査現場を混乱させるためだけのフェイクなのかもしれねーんだからな」

　それに、と。

　哀川潤は現場から立ち去りながら言う。

「先に言っておくが、一時間後にはあたしは『長男』を殺すからな。常識にとらわれず、急いで推理したほうがいい」

「え？」

　缶堂はその言葉に眼を剝《む》く。

「な、なんですか？　それは——どういう意味です？」

「いや別に。あたしが起こす犯罪を、連続殺人事件にしようってだけの話だ。一時間後に『長男』を殺して、その一時間後に『主人』を殺して――今から八時間後には、この屋敷の人間を皆殺しにしてしまっているという、まあ、犯罪予告だよ」

「なっ……」

「だから急いだほうがいいぜ。事件を未然に防ぐっていうのも、探偵の立派な仕事のひとつなんだからさ」

そして哀川潤は、驚きにものも言えない缶堂を置き去りに、屋敷の奥へと消えていく――佐々も無言でそのあとを追おうとしたけれど、そんな佐々を、まだしも話の通じそうな佐々を、

「ちょっと！」

と、缶堂は呼び止める。

佐々は振り向いて、

「なんでしょうか」

と言う――その言葉はどこか同情的ではあったが、しかしどこか、『私だってそれどころではないんだ』とでも言いたげな雰囲気もあった。

責めているような。

言うならば、『私が今、こうして哀川潤に振り回されているのは、あなた達が妙な機械を発明したせいだ』とでも言いたげな……。

その視線に怯《ひる》みはするものの、缶堂だってこの若さで開発主任を任される女である、言うべき苦情はちゃんと言う。

「た、タイムアップは今から二十四時間後のはずでしょう――なのに、何を勝手にルールを変更しているんですか、あの人は」

「変更……というよりは、破壊でしょうね。ルール、秩序の破壊。まさしく犯罪者といったところでしょう」

もとより探偵よりも犯罪者向きなんですね、あの人は――と、佐々は視線だけで哀川潤を追う。もっともすばしっこい彼女は、既に廊下の角を折れ、その姿は見えやしないのだが、しかしその気配は嫌というほどに漂っている。

「ただまあ、言われてみれば被害者として選ぶ相手は一人に限る、なんてルールを取り決めてはいませんでしたし……、もしも潤さんが屋敷の人間を『皆殺し』にしたとしても、それはゲームの進行を何ら妨げるものではありませんね」

「……でも」

「いえ、ご安心ください、缶堂さん――たとえ一時間以内に、この『長女』の殺人事件を解決できず、第二の殺人が起こってしまったとしても、それをもってタイムオーバーと判断するようなことはありません――そんなタイムリミットは、あくまで潤さんが勝手に設定したものであり、新たなるルールとして登録される種類のものではありません」

「…………」

いや。

理屈はそうであり——その通りなのだけれど、しかし、もしもこの実験結果をレポートにしたときに、与える印象は全然違う。

『殺人事件を解決したデジタル探偵』と、『第二の事件を未然に防げなかったものの、殺人事件を解決したデジタル探偵』では——

「まあ、潤さん的にはデジタル探偵の弱点その2といったところなんでしょうね——つまり、推理力の高さは、必ずしも第二の殺人を防げない、というのか……」

「そんなことは……でも、そんなことは、人間の探偵でも同じでしょう！」

珍しく取り乱して——というか、ここで取り乱さなければさすがに人間ではない——缶堂は、佐々に対して怒鳴りつける。

別に佐々にしても怒鳴られる覚えはなく、とんだとばっちりと言うべきだが。

「第一の弱点という、電気の遮断にしたってそうです——ライフラインを遮断されたら、人間の探偵だっていずれは飢えるじゃないですか！」

「その通りですね——でも」

佐々は言う。

どこか憐《あわれ》みを湛《たた》えながら――なんというか『ついてないよね、とんでもない人にかかわっちゃったよね』と言いたげにしながら――

「人間と同じことしかできないのなら、探偵を機械化する意味なんてないでしょう」

「…………！」

「と、潤さんが言っていたという話なんですけれど……、もしも機械が人間にとって代わろうというのならば、その機械の作業が人間よりも有能でなければならない、だそうです。働かずに済んだら楽だとはいえ、しかし人間、『何もせず』に居続けることなんかできないんだから――と」

そういうメッセージを残し、佐々は去って行った――彼女は彼女で、監視という役割を負っているので、あまり長時間、哀川潤から離れることができないのだ。

確かにそれは、機械にはとてもできない仕事なのかもしれないが――哀川潤を感情的に好きでないとできない仕事なのだろうか。

「……ふざけやがって」

缶堂は毒づく。

普段ならば使いもしない乱暴な言葉で。

実際ここが殺人現場（を模《も》した現場）でなければ、そして今が実験の最中でなければ、手にしていたノートパソコンを床に叩きつけていただろう。

「いいだろう、わかった！　一時間以内にこの事件を解決して、第二の事件を防いでやる！」

彼女はそう決意した。

そんな決意に結論を導かれた時点で、既に彼女に——ひいてはデジタル探偵に、勝機がなくなってしまったことに、気付くこともなく。

熱くなり。

感情的になった。

たとえそれが探偵だとしても、それはその時点で、機械でもなければデジタルでもなくなってしまうというのに。

7

結局、缶堂妙香の操作するデジタル探偵、ＳＨ-43型が『この事件の犯人は哀川潤だ』と看破するまでには、およそ十八時間を要した——ゲーム開始から通算すれば、四十二時間が経過した時点であり、つまりは元々のタイムリミットである四十八時間という数字こそは守ったものの、しかし、哀川潤が勝手に設定したものとはいえ、事件発生から一時間後、あるいは二時間後、三時間後、四時間後、五時間後、六時間後、七時間後、八時間後というような時限を守ることはできず、次なる殺人事件を未然に防ぐことはできなかったのだ。

屋敷の住人は全滅したのである。

ゲームとはいえ酷《ひど》い話で、酷い展開、酷い結果ではあるけれど、しかしそれには理由があった——缶堂としては歯噛みしたくなるような理由が。

実際、哀川潤が演出したのが『まともな殺人事件』であったなら、一時間で解決することだってできたはずなのだ。

ただ、哀川潤はわざと、派手な殺人事件を——部屋一面に血文字を書くような、派手な殺人事件を演出した。

どうしてそんなことをしたのか、自ら現場に多くの痕跡を残すようなことをしたのかと疑問だったが——わかってみればその理由は単純だった。

多くの痕跡を残すこと。

それ自体が哀川潤の目的だったのだ——つまりデジタル探偵に入力するデータ量をあえて増量することで、時間を稼いだのだ。

次の事件までの——時間を。

もちろん機械、コンピューターであるがゆえに、データの処理の速度は人のそれに比類するものではないが——そのデータを入力するのは、缶堂をはじめとする『人間』である。

どうしても時間はかかるし——そして、ミスもある。

いや、ミスではなく、エラーと言うべきか。

そう。

たとえどれだけ機械が正確であり、精密であったところで——それを操作する人間の、いわゆるヒューマンエラーは避けられない。

データ入力の作業が増えれば増えるほど、ヒューマンエラーの確率は増大する。

「科学捜査がいくら進んだところで冤罪《えんざい》がなくならない理由って奴だな——あるいはデジタル探偵の弱点その3か。機械は失敗をしなくとも、人間は失敗をする」

必死に些細《ささい》で膨大なデータを入力する缶堂の背中にそんな声を投げかける『犯人』がいたが、全力で無視して彼女は作業を続けた。

変に挑発に乗って熱くなり、感情的になれば、それだけミスの確率も上がるのだから——しかしそれで熱くなるのを抑えられるほどに、彼女の人間もできてはいなかった。

今から思えば、二十三時間後まで事件を起こさなかったのも、残り時間をあえて少なくして、デジタル探偵のスタッフを焦らせるという目的があったのだと思う。

機械は焦れなくとも——人間は焦れるから。

大体、あの数字の羅列にしたって『1』と『7』の区別がわざとわかりにくく書かれていたり、哀川潤はわざと、人がミスを起こしやすい証拠を現場に残していたようだし……。

「偽の証拠を残すっていうのは、もちろん人間の探偵に対しても有効なんだが――これは機械のほうにこそ、有効かもな。その辺の融通が、全然利かないもん」

……ただし、ヒューマンエラーがいくつか生じ、時間がかかってしまったことは事実だが、しかしSH‐43型だって、子供のおもちゃではない。

缶堂開発所渾身の発明品である。

だから『融通が利かない』なんてことはないのだ――検索エンジンが『あいまい検索』に対応するように、エラーの含まれた曖昧な情報にも、時間はかかれど、それなりには対応する。

これには哀川潤も素直に驚いたようだった。

「やるじゃん」

と素直に感嘆していた。

もっとも、だからこそゲーム開始から四十二時間後に、事件を解決することができたのだが――しかし缶堂にしてみれば、第二の事件どころか、第九の事件まで阻止できなかったのは痛恨の極みだった。

事件の数が増えれば増えるほどに情報量も増えていくのだから、それは避けようのない必然なのだが——

「……でも、わかりました。犯人はあなたです」

推理ターンの終了を宣言し、スタッフや捜査陣、そして『犯人』——屋敷の唯一の生き残りである哀川潤と、お目付け役の佐々を一堂に集め、謎解きに入ろうとする缶堂の気持ちは、決して前向きなものでも上向きなものでもなかったけれど、それでも、

『これでようやく終われる』

という、達成感だけはあった。

犯人を突き止めたところで、勝ったという実感は全くない。いろいろと不本意な結果になったので（させられたので）、このレポートをもって国から予算を引き出すという戦略は見直さざるを得ないが、しかし、とりあえずこの山から下りられるというだけで、相当に救われた気分だった——しかし。

そういう意味では、まだ安心するのは早かった。

一同をリビング、つまりはゲーム上、最初の事件現場に集め、さあこれから謎解きを始めようという段階において——

気を緩めるのはまずかった。

そここそが、探偵の一番の見せ場だというのに。

「まずここ、第一の事件現場に残されていた血文字の意味を解説しましょう。それこそがこの事件を解決へと導く糸口に――」

いや、そういうことはさておいても。

哀川潤を『敵』として、まして『犯人』として目前に置きながら――滔々《とうとう》と語り始めるなんて真似をして、ただで済んだ人間がいやしないことくらいは、事前に調べておけばよかったのに。

検索エンジンとかを使って。

「まあ、この場合、無事で済まないのは人間じゃなくて機械だけどな――ひゃっはあ！」

刹那《せつな》の蹴り上げである。

蹴《け》りだった。

腰を沈めていたソファから一瞬で立ち上がったかと思うと、哀川潤は履いていたヒールのつま先で、缶堂が片手で持って、画面を読み上げていたノートパソコンを蹴り上げ、天井のシャンデリアにぶつけたのだ――シャンデリアの装飾に直撃したノートパソコンは、串刺し状態になって、そのまま落ちてこなかった。

「……………。……………。……………!?　えっ!?　何!?」

状況を把握するまでに二十秒かかった。

だが呑み込めてみれば、これは至極単純極まりない状況である。

哀川潤は、つまり『犯人』は、『謎解き』の場において、『探偵』を『殺害』したのである——

「デジタル探偵の弱点その4——つーか、まあこれが一番決定的なんだけど。ちなみにこの弱点は、電子書籍が一般化しない大きな理由のひとつでもあるんだが」

と、哀川潤は、何事もなかったようにソファに座り直して、言う。

「壊れる」

「……こ、壊れるって……」

確かに壊れた。

電気を遮断するとか、中継車を爆破するとか、そういう間接的な行為ではなく——直接、ダイレクトにデジタル探偵を『殺害』された。

「紙の書籍は千年でも二千年でも残るが、デジタルデータはそんなに長持ちしねーし、ちょっとしたミスで読めなくなっちゃうって話。保管用として使うには、頼りねーだろ——二千冊分持ち運べたところで、雨でも降ったら全部おしまいなんだから」

「そ、それは——電子書籍の話でしょう！　探偵は別のはずです！　こ、こんな……ケーブルを抜くどころか、ゲーム機そのものを壊すような真似で勝ったつもりになって……認めません！　機械が壊れるように、人間だって、殺されたら死ぬじゃないですか――」

「どうだかね」

と、哀川潤は肩を竦《すく》めた。

「デジタル探偵の名前の由来ともなっているシャーロック・ホームズはボクシングの名手だし、バリツなんていう日本の格闘技を身に付けていたぜ。つまり、犯人と取っ組み合いになったときに勝てるだけの力を、身に付けていたということだ――警察官には剣道か柔道が必須種目だろ？　つまり犯罪捜査に臨《のぞ》むのならば、『強い』ことが絶対条件だ」

デジタル探偵は弱過ぎる。

賢いだけの捜査官なんて何の役にも立たないよ。

哀川潤はそう言った。

「ちなみに言っておくが、車からバックアップのノートパソコンを取ってこようとか考えるなよ――お前の頭じゃなくてノートパソコンを蹴っ飛ばしたのには、単に『近かったから』以外の理由はないんだからな」

さすがに缶堂開発所に乗り込んでスーパーコンピューター本体をぶっ壊すってのはやり過ぎたとは思うけどよ――

「…………っ」

その言葉の前には。

その暴力の前には、誰もが黙らざるを得ない。

つまりは完全犯罪達成の瞬間だった。

8

「まあこれからの時代、個人の知識やら分析力やらって、どんどん意味をなくしていくからなあ——わかんないことがあったら、ネットでみんなで考えるってことが、できる時代になっちまったから。三人寄れば文殊の知恵どころか、千人でも万人でも寄れるってんだから、だからこそ個人に求められる力っていうのは、腕っぷしってことになっていくんだと思うぜ」

「腕っぷし」

「個人の技量が評価されるのは、知能ではなく技能のほうに移行していくって話さ。だからスポーツマンの栄光は、いつまでも続くだろ」

「ちなみに潤さん。あなたならどうしました？」

「ん？」

「いえ、あなたなら……、もしもこの事件を、あなたが担当していたら、どういう風に解決しましたか？　第二、第三の殺人事件を起こさせなかった自信はありますか」

「あるね。第二第三どころか、第一の殺人さえ起こさせなかった自信があるよ」

「へえ。どうやって」

「ゲームが始まった時点で、『犯人』をぶっ飛ばす。だってゲームのルール上、そいつが犯人だって、最初の時点からわかってるじゃん」

「……それは反則でしょう」

「ああ、勝ちにはなんねーな。だけど、反則をしてでも人死にを出さない。勝ちゃ名誉に重きを置かない。それが探偵ならぬ名探偵の、あたしが考える資格って奴さ」


Miss/ion4./complete…

哀川潤の失敗

Miss/ion5．不敗のギャンブラーと失敗の請負人。

■

「ギャンブルに流れってあると思いますか？」

「ない」

佐々沙咲《ささささき》からの質問に、哀川潤《あいかわじゅん》は端的《たんてき》に答えた——場所は、最近哀川潤が根城にしているホテルの一室である。

日本全国にいわゆるアジトめいた私有の場所を持つ哀川潤ではあったが、この頃ちょっとした仕事上のトラブルで（彼女の仕事そのものが、いわばトラブルのようなものだという注釈はさておき）、それらのアジトがすべて壊滅状態にあり、一時的に、あちらこちらのホテルを転々とする日々にあった。

常に危機と共にある彼女は、かつて『哀川潤が中に這入《はい》った建物は例外なく崩壊する』とまで言われていたほどで、だから風来坊めいた生活を送っている割に、案外このように一般的な宿泊施設を利用することは少ないのだが……ちなみに特にスイートルームでもない、普通のシングルルームである。

（お金に不自由しているわけではないだろうけれど……それに生き方はゴージャスなんだけど、案外生活そのものは質素なのよね、この人）

佐々はそんなことを思いつつ、哀川潤からの即答を、

「ない、ですか」

と繰り返した。

そう答えられてしまえばそう答えるだろうと思っていたという気がするのだけれど、しかし、よく考えれば意外でもある。

「うん、ない。絶対ない」

ワインレッドのスーツ姿のまま、行儀悪くベッドの上に寝そべった姿勢で、哀川潤は言う。

「あるわけねーだろ、んなもん。ツキ不ヅキなんて偶然の産物、あるのは無慈悲な確率だけだ」

「…………」

訊《き》き方が悪かった、と佐々は反省する。

佐々がもしも自分に都合のよいように話を進めたければ、ここは『ギャンブルに流れなんてないですよね』と訊くべきだったのだ——そうすれば哀川潤はきっと、「あるに決まってんだろ、何言ってんだ。確率？　んな御託のことなんか知るかよ」

と答えたに違いないのだから。

真《ま》っ直《す》ぐなようでひねくれてるんだよなあこの人は……あるいは単純に、佐々をからかうのが楽しいだけなのかもしれないけれど。

「まあ何をギャンブルと定義するかってことだろうけどな——『コインが十回連続で表が出たから、次も表が出るはず』、『これは表が出る流れだ』ってのは、ただの希望的観測だろうよ」

「だけど実際——」

佐々は言う。

とにかく佐々の言うことに『うん』『その通りだ』と言いたくないだけとも見える哀川潤には、言うまでもないだろうことをわざわざ言う。

「勝負の流れとか、勢いとか、そういうのを肌で感じることはありますよね？」

「まあスポーツとかならあるだろうなあ——展開の主導権をどっちが握ってるかって意味で……、流れを『ブーム』と置き換えるなら、世間の流行は広告会社が作ってるとか、そんな感じか？」

「いえ、そんな感じではなく……、こう、運命の流れに乗っている感じ？　最近の言葉で言うならば、えっと──」

最近の言葉で言うならば──と、言って、そこで佐々は言葉に詰まってしまう。別に言おうとしたことを度忘れしてしまったというわけではなく、哀川潤を目前にそんな表現を使うことが、ちょっと馬鹿馬鹿しく思えてしまったのだ。

だって思えばこの言葉が、これほど似合う人も珍しいではないか──

「──『持っている』と言いますか」

「持ってるって、何を」

「ツキとか、まあ……幸運とか……とにかく、勝負強さを保証する『何か』を」

「『何か』ねえ」

ベッドの上で天井を見上げたまま──つまり、佐々のほうを見もせずに、哀川潤は呟《つぶや》く。つまらなそうだ。とてもつまらなそうだ。

いくつもの仕事を同時に『こなして』いる最中の彼女は、とてもそうは思えないけれど、案外疲れているのかもしれない。

ならばその休憩時間に割り込んだ形の佐々は、まるっきり空気の読めない奴《やつ》ということになってしまうが……と、反省しかけて、はっと気づく。

そもそも佐々は呼ばれてここに来たのである。

「あたしにいわせりゃ、勝つ奴ってのは勝つべくして勝ってるだけなんだけどなあ……、負ける奴は負けるべくして負けてるし。それがあまりに準備入念だから、流れるように勝利してるみたいに見えるだけだろ。細工は流々ってな。あたしだって、勝つときには勝つ理由があるし、負けるときには負ける理由があるぜ。勝つはずだったのに負けた、負けるはずなのに勝った、なんてことは一度もねーよ」

「持っているとすれば、『実力を持っている』、ってことになるんですか？　でも、勝負には綾がつき物じゃないですか。運とか偶然に支配されて……、その運や偶然を味方につけることができれば、勝利することができる。それが『流れに乗る』ってことなんじゃないですか？」

「運や偶然……、その運や偶然を利用したり、運や偶然にちゃんと対処したりできる奴が、勝者になれるんじゃねーの？　あたしはそういうのにむしろ逆らいがちだから、よくわかんねーけど……」

「…………」

まあこの人は、偶然勝っちゃったりするのを一番嫌いそうだなあ、とは思う。『持っている』は『持っている』にしても、そういうあれこれを、あっさり捨ててしまうような人なのだ。

そういう大胆さに、あるいは極端さに、佐々のような生真面目《きまじめ》な人間は時として憧れてしまうのだけれど、しかしそれはあくまで『時として』だし、その憧れに身を任せてはならないことも、佐々はちゃんとわかっている。心得ている。

物事に、時には勝利にすらも頓着《とんちゃく》しない哀川潤の生き方は、自由奔放に見えて、実のところ破滅的でもある。

自己破壊的、どころか自殺的でさえ。

少なくとも生産性とは無縁だ。

永遠に死にそうもない、不敵な哀川潤が——人類最強の請負人《うけおいにん》とまで呼ばれる哀川潤が、そういう視点で見ると、酷《ひど》く脆《もろ》くも思える。

言い過ぎかもしれないけれど、明日突然野たれ死んでも、おかしくないような……哀川潤のことをそんな風に見ているのは佐々くらいのものかもしれないし、その佐々でさえ、そんな風に思うようになったのは、ごく最近のことだが。

少なくとも想像できない。

哀川潤が請負人を引退し、人間として、ごく普通の家庭生活を送る日々を——

「大体あたし、籤運《くじ》とかむしろ悪い方だしな」

「ああ……そう言えばそうでしたね。肝心なところでジョーカーを引くタイプと言うか……」

疫病神みたいな不運の持ち主でもある。良くも悪くも、哀川潤の人生を乗りこなせるのは哀川潤だけであるのも確かだ。

「運命をひっくり返すほどの力を持っている人こそが、強者と呼ばれるのかもしれませんね……そうなると、流れの有無なんて、やっぱり勝敗には関係なくなっちゃうのかもしれませんけれど」

「結果から見て、『運が悪かった』『運がよかった』ってのはあるだろ。普通の評価として。サッカーで、雨に強いチームが大事な試合を戦おうというとき、ぴったし雨が降ったら、『運がよかった』とは言えるだろうし。でもそれはただの偶然だし」

「そうなんですけど……。いえ、何か違うんですよね、それ」

「ん？　ははーん、さてはお前が言ってんのはあれだろ？　佐々。理屈じゃあ説明のつかない『流れ』があるかないかって話だろ？」

「理屈がつかない……そうですね。そうかもしれません。ただの偶然では説明がついてしまいます。説明がつかないほどの幸運とか、奇跡とかって、でも、結構あったりするじゃないですか、世の中には。そういうのを私は……」

「幸運や奇跡がありふれてるのも、ただの確率の問題だったりするんだぜ？　歴史の上では無数の試行錯誤が絶え間なく行われているんだから、確率的には地球の一個くらい出来上がるだろうって感じの……、だけどそれと、宇宙人が宇宙中にいるかどうかってのは別問題だ」

奇跡が起こったことは、奇跡が頻繁《ひんぱん》に起こることの証拠にはならない——と哀川潤は言う。

ひねくれている、と思う。

佐々は思う。

自分こそ、そういうありえない奇跡を無数に体現してきた人間の癖に——と思う。

もっとも、それもまた、哀川潤に言わせれば、無数の試行錯誤を、一般人ならば絶対に行わないであろうレベルの試行錯誤を、彼女自身が継続的に行ってきたからこその、『奇跡の体現』ということになるのだろうが。

普通の人間は。

奇跡を起こせるステージまでたどり着けないのだ——裏を返せば、奇跡というものは、起こした人間にとっては、ただの出来事に過ぎないのかもしれない。

宝くじで一等を当てるような人は、大抵、宝くじをまとめ買いする人だとも言うし……。

偶然に見えるものはすべて必然。

勝つ者は勝つべくして勝つし——負ける者は負けるべくして負ける。

そう言ってしまうと、味気ないが……。

いや、そういう話をしたかったのではなかった。

はずだ。

「敗北には理由があるが勝利には理由がないとか言うけど、んなわけねーだろ。奇跡とかミラクルとか、そういう『人智の及ばない何か』ってのは、結局は思考放棄から始まってるんだと、あたしは思うけどな——」

「まあ、そうかもしれませんけれど——というより、大抵そうなんでしょうけれど」

佐々は言う。

ここからが本題だった。

「さっき潤さん、コインのたとえを出しましたけれど——たとえば、コインを投げての表裏で、百回連続出る目を当てる人がいるとしたら、それは奇跡やミラクルと言ってもいいんじゃないですか？」

「……不正の入る余地が、なけりゃあな」

少し考えて、哀川潤は答えた。

「百回連続当てれる『必然』がもしあるとすれば、トリックコインを使っているってことくらいだろう——でも、そういうことじゃなく、だろ？」

「ええ、そういうことじゃなく——」

感覚的に。

そう言っていた。

「なんとなく次に出るのが、表か裏かわかる——というような感覚だそうです」

「だ、そうです、ね。実在の人物の話かよ」

「ええ」

佐々沙咲は頷《うなず》いた。

「『彼』は——ギャンブルという場において、流れを読むことができる男なんです」

■■

「『彼』——まあ名前は伏せておきますが、仮に『コントローラー』と呼びましょう。仲間内での通称が、そんな感じらしいので——いえ、彼には仲間なんていないので、むしろ敵につけられた忌《い》み名といったところですけれど」

「『コントローラー』ね」

らしいじゃん、と哀川潤。

相変わらず天井を向いたままで、大してこちらの話に興味を示した風でもない。

気分屋過ぎる。

この食いつきの悪さからすると、今回は成果なしかなあとか思いつつも、一度語り出したことなので、佐々は続ける。

何、駄目でもともという言葉もある。

「『コントローラー』は、まあ日本人なんですけれど、海外のカジノで名を馳《は》せている人物でしてね——それも悪名高いと言っていい人物です。ハイローラーと言えば聞こえはいいですけれど、その実、勝って勝って勝ち続けて、あっちこっちのカジノに壊滅的なダメージを与え続けているという……、胴元にしてみれば、死神のような人間だとか」

「……ハイローラーって何だっけ?」

えらく的外れな質問が来た。

哀川潤がそんなことを知らないとは思えないけれど……だから、単なる社交辞令で、一応の、相槌《あいづち》代わりの質問なのかもしれない。

だとしても的外れなことには違いないが。

「ハイローラーというのは、カジノにおける上客のことですよ。気前よく賭けてくれる粋《いき》なお客様と言うこともできますけれど……、まあ実質、カジノを支えているのはこの層です。だからこそカジノ側も、ハイローラーには様々なサービスを提供するわけですが……、なんていうか、『彼』が、『ハイローラー』を通り越して『コントローラー』と呼ばれるのは、カジノに益をまったくもたらさないからなのでしょうね」

なにせ。

なにせ『彼』は、ギャンブルにおいて負けたことがない、、、と言うのだから――負けないギャンブラーなど、カジノ側にとっては大災害のようなものではないか。

「無敗の男ねえ――いつぞやのご老人を思い出すなあ。六何我樹丸《りつかがじゆまる》……もっとも、あいつとそいつとじゃあ、ちょっと『勝ち負け』の意味合いが違う感じだが……」

「？　どういうことですか？」

「我樹丸翁はあれだ、勝つ理由をちゃんと持ってる奴だったからな――要は理由を積み重ねるタイプの奴だった。なんだかんだ言いつつな。けど、その『コントローラー』くんは、理由もなく、つまりなんとなく、、、、、単に流れとか運とかで勝ってるってことなんだろ？」

つまり――イカサマとかじゃなく。

と、哀川潤は言った。

懐かしい名前を思い出したからなのか、やや多弁になったような気がする。この分なら、何かを引き出せるかもしれない。理不尽な呼び出しに応じた甲斐《かい》もあったというものだ。

「ええ、勝ち続ける客に対してはイカサマを疑うのがカジノ側にしてみれば当たり前ですけれど……、けれど、その様子は一切ないそうです」

「様子って言葉は曖昧《あいまい》だけど、まあ本格的なカジノに、イカサマのできる余地はねーよな。カジノならあたしも何軒か潰《つぶ》したことがあるけれど、でも、正攻法でやるしかなかったぜ。この場合の正攻法ってのは、ギャンブルの俎上《そじょう》に乗らずに、物理的破壊でカジノを潰すという意味だが」

「…………」

相変わらず無駄にゴージャスなエピソードを持っている。

詳しく聞きたくない。

「『彼』の場合は」

佐々は半ば哀川潤を無視するように、強引に話を続けた。

「『彼』の場合は、実際には潰すところまではいかないんですけれどね——物理的な意味でも、金銭的な意味でも。その前に出禁になっちゃいますから」

「出禁？」

「出入り禁止……出禁」

自分だってあっちこっちでされていそうなものなのに、とぼけたように訊いてきた哀川潤に、佐々は説明した。

「要は追放ですね。強過ぎるギャンブラーはつまはじきにされてしまうものなんですよ。本当に強いギャンブラーというのは、適度に勝つことのできるギャンブラーだぞうです……知った風なことを言わせてもらえれば、ですが」

「まあ知った風なことくらい、いくらでも言ってくれればいいんだけどよ——でもまあその通りだよな。あたしとかもそれができなくて四苦八苦しているんだが、勝敗をコントロールできる奴ってのが、結局は一番生き残れるんだろうな。勝ちたいときにだけ勝って、他は負けておくっつーか……」

「あなたでも無理ですか？」

「無理だね。どうしても負けたくないときに負けないってのは、まあなんとかなるにしても、勝ちたくない時でも、どうしても勝ってしまうことはある……『コントローラー』なんて呼ばれていても、そいつだって別に、勝ち負けを操作できるわけじゃねーんだろ？」

そんな恐ろしいことができるんだとしたら、カジノを出禁とやらにはならないもんな——と哀川潤は言った。

その通りである。

『彼』がコントロールするのは、勝敗ではなく、運命とか偶然とか——奇跡とか、そういう得体のしれないものである。

佐々からしてみれば、そっちのほうが怖いと思うけれど、哀川潤には逆らしい。

価値観の相違だ。

「——まあ、あたしに言わせれば、そいつが運を操作できるなんてのも、眉唾《まゆつば》ものだけどよ。周りの人間がそう言ってるとかいう触れ込みだけど、案外、本人が言ってるだけじゃねーの？」

「まあある程度大袈裟《おおげさ》な表現になっているのは確かでしょうけれど、実際、彼によって世界各国あちこちのカジノが被害を受けているのは確かでして……、そしていよいよ命を狙《ねら》われかねないような状況になってしまったとのことで」

色々と、細かい話を省略して、佐々は時系列を強引に現代へと合わせる。

「つい先日、彼は日本に帰国しました」

「帰国」

は、と哀川潤は笑う。

「亡命先に故国を選ぶってのは、なんだか皮肉なもんだねえ——しかも、カジノが違法である、この日本ってのは」

「………………」

「つまりは勝ち続けたまま引退ってことか。笑うぜ——だが、そんだけ色々やって殺されなかっただけ、勝ちって感じかねえ。つーか、勝ち続けたまま引退ってのは、ギャンブラーとしては完全なる『上がり』って奴だろ」

羨《うらや》ましいもんだ、と大して羨ましくもなさそうに彼女は言う。

「そういう意味じゃあ、『コントローラー』くんは、勝ち負けを上手にコントロールしたと言えるかもしんねーな」

「いえ、潤さん──困っているのはそこでして」

「あん？　なんだ、お前困ってんのか？」

だったら早くそう言えばいいのに、と、哀川潤はようやく身を起こした──佐々が困っていると聞いて、遂に反応らしい反応を見せてくれたという意味では、佐々は二人の間にある友情に感激すべきなのかもしれなかったが、しかし、おそらくは単純に、彼女は佐々の抱える、トラブルの種に反応しただけなのだろう。

哀川潤はトラブルが好きなのだ。

それも、トラブルを解決するのが好きとか、トラブルを未然に防ぐのが好きとか、そんな名探偵じみた性質ではなく、それは、トラブルの渦中そのものをこよなく愛するという、洒落《しゃれ》にならないリスクテイカーなのだった。

「どう困ってんだよ。言え言え。教えろ」

楽しそうだ。

腹が立つくらいに。

「何と言いますか……、まあ具体的には、私が困っているわけではないんですけれど」

「えー。なーんだ」

さすがに再び寝転んでしまうようなことはなかったが、しかし途端《とたん》、興醒めな風に顔を曇らせる哀川潤。

私をなんだと思っているのかと、憤慨したくもなるが、しかし佐々のほうが哀川潤をなんだと思っているのかを考えると、そこはそれ、お互いさまという気がした。

「困っているのは国ですね」

「国？　話がでかいな。国家レベルかよ」

「国家レベルと言われれば、少し違いますけれど……、日本では賭博は違法と言いますが、潤さん、国が許しているいわゆる博打《ばくち》って、この国にも結構あるでしょう？」

「ああ――そう言えば」

そこにはまったく思い至らなかったという風に、哀川潤は頷く。まあ案外、合法の、いわゆる健全な賭場については、彼女は疎《うと》いかもしれない。

佐々と話すときは妙にとぼけることの多い、言ってしまえば無知を装ってくることの多い哀川潤ではあるが、この場合は、本当に思い至らなかったのかもしれない。

「競馬とか競輪とか、あとは競艇とか？　そういうんだよな、たぶん」

「ええ……それに、サッカーくじも、そうですね。人対人という意味でのギャンブルの定義からは外れてしまいますけれど、いわゆる『外馬《そとうま》に乗る』タイプのギャンブル

「……ですよね」

「要するに、宝くじとかも含めて考えると、自力で勝負を打つタイプのギャンブルを、国は封じているってことなのかね。まあ宝くじはともかく、競馬とか競輪とか競艇とか、サッカーとかは、データの積み重ねである程度予想できるはずだから、自力がねーわけじゃねーんだが……、ある程度、運を天に……つーか、運を他人に任せることにはなるだろうな」

「それ。まさにそれなんですけれど」

佐々は言った。

「国は恐れているわけですよ。『コントローラー』が、その国家公認の賭場を荒らしに来るんじゃないかって——」

「…………」

哀川潤は黙った。

佐々の言葉を頭の中で咀嚼《そしやく》しているのかと思ったけれど、そうではなく、この間はただぼーっとしていただけらしく、

「え？」

と訊き返して来た。

「なんだって？」

「……だから、『コントローラー』が、その手のギャンブルで勝ちまくって、海外で数々のカジノをそうしてきたように、国家公認の賭場を壊滅させてしまうんじゃないかと、危惧《きぐ》しているわけです」

「いや、それは無理だろ。あの手の公益ギャンブルは、収益から寺銭を抜いて、残りを配分するシステムだから、どう転んでも胴元は損をしない仕組みになってるはずだ——だから『コントローラー』くんがいくら勝ち続けたところで、カジノみてーに潰されることはないはずだぜ」

まあカジノだってそうそう潰されたりはしねーし、外馬で勝ち続けるなんてそれこそ不可能だけどな——と哀川潤は言うが、しかし佐々にしたって、それがわかっていないわけではない。

「その通りなんですが」

と、前置きをしてから佐々は言う。

「ギャンブルにおいて、勝ち続ける人間がいるというだけで、賭場にとっては悪影響だそうですよ。損得の問題ではなく、『コントローラー』、彼の存在そのものが、賭場においては迷惑ということで——」

「まあ迷惑だろうな。そこそこ客に勝ってもらわなきゃ賭場なんて成立しないけれど、ひとり、たったひとりの客が継続して勝ち続けるという図は、どうにもバランスが悪いというか……、他の客のモチベーションを削《そ》ぐ事実ではあるよな」

「そういうことですね」

佐々は我が意を得たりと頷く。

「イカサマはしていない、正々堂々とした態度でギャンブルに臨《のぞ》んでいるとは言え、勝ち続けるということは、もうその時点でイカサマみたいなものですからね」

「強力過ぎる能力はズルっこととおんなじだってのは、よく言われるよなあ――あたしもよく言われるぜ。そんなに強過ぎるのはズルいとかなんとか……ただ、不思議だね」

「何がですか？」

「そこまで――国家から警戒されるレベルにまで達している奴ってのは、自然、表の世界からは姿を消すもんなんだけどな。地下に潜って、違法賭博に手を出しそうなもんだが……、そういう方面で、警戒はされてねーのか？　裏の世界のバランスを崩すとか……。裏の世界の話だってんなら、あたしのところに既に話が入っていないのはおかしいんだけど」

「でしょうね。いえ、そこが更に問題なんですけれど……『コントローラー』は、あくまでも一般人なんですよ」

「あたしと同じ」

「いえ……」

そんなわけないだろうと言いかけたが、しかし立場としては、哀川潤は確かに一般人と言うこともできるのだった。

背景を持たない以上、そういうことになる——とんだアウトローな一般人もいたものだが。

「『コントローラー』は、潤さんよりはもう少し、一般人よりですね——普通に家族がいるし、戸籍も住民票もある、一般人です」

「はっ……」

哀川潤はそれを聞いて失笑した。

それはまさに失笑という感じだった。

「よく生きてたな、そんな奴が」

「……ですよね」

普通、そんな人間が——そんな普通の人間が、ギャンブルを打ち続けることなんてできない。遠からず、生活、もっと言えば人生が破綻する——たとえ勝ち続けたところでだ。

「そこも含めて『コントローラー』ってことなのかね——人生をうまくコントロールしているというのか。普通、そういうコントロールは、所属する組織がやってくれるもんなんだが」

そういうのもねーのか、という質問に、

「ないです」

と佐々は応える。

「あくまで個人なんですよね――そして一般人だからこそ、違法賭博には、一切手を出さないとのことで。カジノも海外では合法だったからやっていただけで、賭博自体が厳格に違法な国に滞在していたときには、何にも手を出していませんし。そういう意味では品行方正ですよ」

「品行方正なギャンブラーか……変なイメージだな……しかもそれで勝ち続けてるってんだから、いや、たとえ表の健全な賭場ばかり巡ってるとしても、よく生きてるよ」

「あなたにそう言ってもらえれば、『彼』も光栄でしょうね――で、潤さん」

「なんだよ」

「そこで最初の質問に立ち返るんですけれど……、ギャンブルに流れってあると思いますか？」

「………………」

今度は即答はしなかった。

佐々が話した内容を、そのまま鵜呑《うの》みにしたわけではないだろうが——そんな『人物』の存在が、もしも本当だとすれば、さすがの哀川潤でも、意見を曲げないわけにはいかないだろう。

ないなんて言えないはずだ。

「ない」

しかし。

実際には、ほんの一秒、回答が遅かっただけで——哀川潤の答は変わらなかった。

「そんなもんねえよ——もしもそんなものをコントロールして勝ち続けている奴がいるとするなら、そいつはとんでもないペテン野郎だ」

「…………」

なるほど、と思う。

仮に現実に、流れなんてものがあるとしても、そしてそれを見抜く素質を持ち合わせていたとしても、この人はこんな風に、それを無視してしまうのだろう——と思う。

持っている持っていないで言えば、当然持っているのだろうが、それ以上に、哀川潤は張っているのだ。

意地を。

■■

そんな会話から実際に、『哀川潤VS．コントローラー』の場が立つまではあっという間だった。もとよりそのために行動するように佐々は、上司から――というか、更にその上の国家権力から命令を受けていたのだから。

はっきり言って、自分を哀川潤の窓口扱いするのはやめてもらいたいものだが、しかし、他ならぬ哀川潤自身がそう取り計らっている節があるので――『あたしに何かあるときは、沙咲を通せ』――如何《いかん》ともしがたい。

それによって強い立場を与えられているのも確かなのだが、後始末に追われることになっているのも確かである――というか、どう考えてもそれは、一警察官の役割を超えている。

ちなみに哀川潤から佐々がいきなり呼び立てられた理由のほうは、別段なんでもない情報提供だった。哀川潤が、現在取り組んでいる仕事の、その最中に入手したらしい犯罪情報を、佐々に渡すために声を掛けたようだった――向こうにも用件があるようだから、今回はこっちからも言いやすいと思っていただけに、あまりに好意的なその用件は不意打ちだった。

本当に、良くも悪くもサプライズを好む人だ。

こちらの予想通りに動いてくれることはまずないし、予想通りのことを言ってくれることもまずない――今回のことにしたって、もしも佐々が最初から『「コントローラー」と呼ばれるギャンブラーと一戦交えてもらえませんか』と申し出ていたならば、断言はできないが、あっさり『忙しいから無理』と断られていた可能性が高いと思う。

依頼を受けるべき請負人の立場でありながら、その気まぐれ、というより反骨精神の塊《かたまり》のような態度は如何《いかが》なものかとは思うけれど、性格としては矯正不可能なほどに、彼女の中で徹底されているのだから、佐々はもう何も言えない。

特に今回は上首尾に運んだのだから文句の言いようもない――費された佐々の気苦労は計り知れたものではないが。

あっという間。

正確に言うとその日の夕方である。

文字通りのあっという間とはさすがに言えないにしても、早過ぎる――哀川潤は、佐々の話を聞き終えてすぐ、ベッド脇の電話に手を伸ばして、どこぞに電話をして、勝負の場所のセッティングをしたのだった。

そして佐々に、

「じゃあその『コントローラー』って奴を呼べよ——どうせ、斑鳩《いかるが》だか誰だか、その辺の連中が尾行でもしてんだろ？」

と言ったのである。

(決断も行動も早い……流れも読まないし、空気も読まない大胆さだ。下手をすればすべてを台無しにしかねない無謀な行動を、迷いもなく取る——)

昔は、どうして哀川潤には、そんな自由奔放な行動が取れるのか、不思議だった。リスクの高く、破滅の伴うアクションを取るにあたって、彼女に不安はないのだろうか——そんな風に考えていた。

その考えに対する答は、

「きっと彼女には私には見えないものが見えていて、その確信によって動いているから、外からはさぞかし危険に見えるけれど、潤さん自身にはリスクを冒している自覚は全然ないんだ」

というものだったが、そしてその答に納得していたが（奇《く》しくも今回、彼女自身が言っていたことでもあるし）、しかし最近、ひょっとするとそうではないのかもしれないと思うようになった。

つまり——トラブル自体を楽しむ傾向にある哀川潤は、面白がって、わざとリスクを高めているだけであって、成功率を故意に低めているだけなのかもしれない、と。

言い換えれば、別に成功しようと思っていない。

そう言えば、人類最強の請負人の仕事具合、その成功率は哀川潤の持つ実力からすると結構低いらしいのだが──それは、哀川潤の実力が高過ぎて、仕事自体が不成立になるケースが多いからだと伝え聞いていたが、案外その原因は、成功そのものを目指してはいない哀川潤のパーソナリティによるものなのかもしれない。

依頼人にしてみればはた迷惑な話だけれど……。

（まあ、不思議なのは、潤さんはともかく、『コントローラー』のほうが、そんな無茶な呼び出しに対してあっさり応じたってことなのよね──）

場所はそのまま、哀川潤が宿泊していたホテル──ただし部屋は移動している。これから『勝負』をするにあたって、シングルルームはいかにも狭過ぎた。

部屋の中には哀川潤と『コントローラー』、そして佐々を含む数名の警察官がいるだけである。だから物騒な雰囲気があるかと言われれば、ないのだが──緊迫した空気は、それでも否定しがたい。

「……よく来たな。のこのこと」

自分で呼びつけておいて、哀川潤は平気でそんなことを言う──テーブルを挟んだ向こう側の、『コントローラー』に。

「……別に」

『コントローラー』は、挑発的なその言葉に、実に淡々と応える。

「合法なら——同じですから」

「あん？」

「私はただのギャンブル中毒ですから……、合法で、場があるのなら、どこだって同じです……」

「……ふうん。競馬場に行くのも、ここに来るのも、気分的には何も変わらないってか——言うじゃねえかよ」

楽しそうだ。

哀川潤は楽しそうだ。

それに対して——『コントローラー』は楽しそうでは、ない。むしろつまらなそうである——写真で見るよりもかなり幼い風貌《ふうぼう》も合わせて、なんだか職員室に呼び出された高校生のように、まるでしゅんとしているようにも見える。

少なくとも海外で、いくつものカジノに大ダメージを与えてきたというような、伝説じみた逸話を背負っている風には見えない。

「ギャンブルの流れが見えるらしいけど……、つまりお前は、勝てると思ったからここに来たんだよな？」

「……少し違います。誤解されているようなので、一応、説明させてもらいますけれど……」

と、『コントローラー』は言う。

武勇伝を語る自慢話という感じではない、むしろ進行のためにやむなく、言いたくもないことを言わなければならないとでも言いたげだ。

「私はギャンブルにおいて無敗というわけではありません——ただ、トータルで浮いているというだけのことです。勝てるときにできるだけ大きく勝って、負けるときにできるだけ小さく負ける。それを繰り返しているだけですよ」

「大局的にはつまり負けてねえってことだろ。変な謙遜《けんそん》すんなよ、キャラがぶれるから」

「…………」

哀川潤の言葉に説得されたわけではないだろうが、『コントローラー』は黙る。意にも介していない風の哀川潤ではあるが、しかし今『コントローラー』がさらりと言ったことを、どれだけのギャンブラーがやろうとしてできていないのかを思えば、佐々の背筋には冷たいものが走る。

「勝率のコントロール」

『コントローラー』が黙ったのを受けて、哀川潤は更に言う。空気を読みもせず。

「それができる奴が一番すげえって話なんだが——勝ちっぱなしのお前は少しやり過

ぎてんじゃねーのか？　ほどほどに『大局的な負け』を経験しとかねーと。国に監視されるレベルになっちまったら、こっから先しのぎづらいだろ」

「別にそんなことはありません——だって」

『コントローラー』は言う。

「ここであんたに勝てば、私は晴れて自由の身なんでしょう？　監視もつかず、なんであれ自由に賭けられる——んですよね」

言って『コントローラー』は佐々を見る。

この場において、一番の発言権を持っているのが佐々だと、名乗ったわけでもないのに見抜いているらしい——その眼力はなるほど大したものだ。

佐々は、せめてもの抵抗として、声には出さず、ただ頷いた。

それを受けても、『コントローラー』は、別に嬉しそうでもない。機械の動作性を確認しただけとでも言わんばかりに、視線を対戦相手の哀川潤にあっさりと戻した。

「ただし」

そこに切り込む哀川潤。

「もしもあたしが勝ったら、お前は生涯ギャンブルはしねーんだぜ」

「いいですよ」

自分の今後の人生を左右するような約束をあっさりしてしまう『コントローラー』

に、やはり底知れないものを感じる佐々だった――しかしそんな彼女の思惑に取り合うことなく、場は淡々と進行していく。

「こちらからの条件があるとすれば、一回勝負は御免だということですかね」

『コントローラー』は言う。

「ご存じの通り、私は『流れ』を読むタイプのギャンブラーですから――『流れ』も何も読みようのない一回勝負では、さすがに必ず勝つとは言えませんので」

「いいぜ」

これもあっさり受ける哀川潤。

ここまでくればやや無責任のきらいもある。

「そもそもこの勝負は、お前のその能力が本物かどうかを試す試験でもあるはずだしな――なあ？」

と、今度は哀川潤が佐々を窺《うかが》うように見た。

確かにその通りなのだが、しかし、だからと言ってそんな風に振られても困る。返答のしようがないと言うものだ。

「安心しな、『コントローラー』。もしもトータルであたしに勝てたら、認められるよ。お前には流れが見えるんだって」

「……別に、認めてもらいたいわけではありませんけれどね」

「ところでお前、ギャンブルって何だと思う？」

哀川潤の、切り込むような、しかし妙に漠然としたいきなりの質問に、ここでは『コントローラー』は、驚いたような顔をした。

驚いた顔をして、返答しない。

これこそ、返答のしようがない質問なのかもしれない。

「ああ、いや——別に駆け引き打ってるわけじゃなくって、ただの質問だよ。ギャンブルとは何か——つうか、ギャンブルは、どこからがギャンブルになるかって質問だ。たとえば将棋を指すときに、金を賭けたらそれはギャンブルか？　サッカーくじがギャンブルだとすれば、百メートル走の勝者に賞金が払われるとして、それはギャンブルになるか？」

「……究極的には、何かが賭かっていて、勝ったら得られ、負けたら失うことを、ギャンブルと言うような気がしますね——しかし、完全なる実力勝負の場合は、ギャンブルとは言いづらいでしょう。たとえば、将棋……のルールをかろうじて知っている程度の私が、将棋のギャンブルに挑むことはただの無謀であって、ギャンブルにはならないでしょう。そうですね……、ある程度運に左右され、逆転の可能性があり、しかもある程度の勝率がないと、ギャンブルとして成立しないでしょう」

「くっ。まあそんなところだろうよ」

と言って。

哀川潤はポケットから取り出した五百円玉を、テーブルの上に置いた。

「だったら種目はシンプルに行こうぜ。じゃんけんよりもシンプルで、しかも明白なギャンブルだ——コインを投げて、表か裏かを賭ける。それをひたすら繰り返そう」

「ひたすら？」

「ああ。回数は決めない。回数が多ければ多いほど、お前のいう『流れ』って奴は明白になってくるんだろう？」

トータルであたしに勝ってみろよ、と哀川潤は言った。それを受けて『コントローラー』は、その五百円玉を検分し——イカサマがないかどうかを確認して——そしてあくまで淡々とした態度で。

つまりは自信たっぷりに、

「いいでしょう」

と言った。

■■

結果から言うと、哀川潤は負けた。

負けたのだと思う。

少なくとも立ち会った佐々の目から見て、あの結果をもって、哀川潤の勝ちとは言いにくい——しかし、とは言え、彼女はしっかりと、佐々、ひいては国家の依頼を果たしてみせた。

『コントローラー』は、今後一生、日本国内においてはギャンブルはしないという、法的拘束力を持った書類にサインをすることになったのだ。

コインの表裏という、シンプル過ぎてテクニックの入る余地もないギャンブル。

確率的な話をするならば、明確に確率的に、二分の一でしかない、そこからぶれようもない、あからさまな運否天賦《うんぷてんぷ》。

しかしながらそこは『コントローラー』、当初こそ二分の一の確率での正答率だったのだが、繰り返せば繰り返すほど、回数を重ねれば重ねるほど、その正答率は限りなく一に近付いて行ったのだ——本当に『流れ』とやらが見えているがごとく。

佐々自身、運命とか運勢とか、そういうものに対して限りなく懐疑的だったのだが……、無理矢理納得させられそうになるような、それは現象だった。

が。

哀川潤は、そんな『コントローラー』にまるっきり構うことなく、コインを投げ続けた。哀川潤はごく常識的な勝率でしかコインの表裏を当てなかったので、互いの勝率は広がる一方だったが——それにも構わず、ずっと。

ずっと。

最終的には、一、週、間——ずっと。

『コントローラー』の体力が尽きて、ぶっ倒れてしまうまで、ずっと。

「まあ要するに、『レートで潰す』って奴だよな——この場合のレートは、金銭じゃあなく、体力のほうだが。続ければ続けるほど、回数が多ければ多いほど試行錯誤が多ければ多いほど自分に優位だという、あいつの思い込みをついた形だが」

「……珍しいですね。潤さんが相手の土俵に乗らないなんて……、てっきり、『彼』との勝負を通じて、流れのなさみたいなものを証明するんだと思っていましたけれど」

「ま、たまには変化もつけねーとな」

「……大体、真っ向勝負でも勝てたでしょうに。コインの表裏なんて、潤さんの動体視力があれば百発百中以外の何ものでもないでしょう」

「ははは。まあ、流れとか運命とか、その手の思い込みって奴は、もう信仰に近いからなあ。仮にあたしが正面から勝ってたとしても、そういう意味じゃああいつは負けを認めないよ。『今日はたまたま流れが悪かった』とか言うんだろうよ。納得のいかない、受け入れがたい負けってのを経験させてやらねーとさ——だから別角度からのアプローチが必要だった」

「力技ですけどね……でも、可哀想《かわいそう》でしたかね」

「あん？」

「ギャンブルが強いというだけで、『彼』は何か悪いことをしたわけでもないのに、もうこの国……故国であるこの国では、それができなくなってしまったんですから」

「あたしは可哀想だとは思わないけどな。強過ぎるのがズル扱いされるって話もしたけれど、あたしはそれを間違ってるとは思わねー。それほどの実力を持っている奴が、表の世界で狩りを続けているのは、あたし的には倫理に反するぜ。上級者クラスの実力を持ちながら、いつまでも初心者殺しを続けてるゲームプレイヤーみたいなもんでよ——ひょっとしたらこれで、あいつも表の世界に踏ん切りがつくかもしれないし」

「まさか、そのために、こんなことを？」

「ってわけでもねーけど。あたし的には、やっぱあいつはギャンブルから身を引いたほうがいいと思うし」

「どうしてです？」

「勝てるときにできるだけ大きく勝ち、負けるときにはできるだけ小さく負ける——それを理想のように謳《うた》っていたが、あたしに言わせりゃそれは的外れだ。次があるって考え方だもんな。流れって言葉自体が、さながら川の流れのように、先や未来を予想させるが――そんなもんがあるとは限らねーんだから」

「…………」

「勝つべきときには必ず勝つ。その一回勝負ができない奴は、ギャンブラーとは言えねえな」

Miss/ion5./complete…?

初　出
本書は二〇一七年四月、
小社より講談社ノベルスとして刊行されました。

|著者|西尾維新　1981年生まれ。2002年に『クビキリサイクル』で第23回メフィスト賞を受賞し、デビュー。同作に始まる「戯言シリーズ」、初のアニメ化作品となった『化物語』に始まる〈物語〉シリーズ、「美少年シリーズ」など、著書多数。

人類最強のときめき《じんるいさいきょう》
西尾維新《にしおいしん》

2022年２月15日第１刷発行

発行者――鈴木章一
発行所――株式会社　講談社
東京都文京区音羽2-12-21　〒112-8001
電話　出版（03）5395-3510
　　　販売（03）5395-5817
　　　業務（03）5395-3615
Printed in Japan

講談社文庫
定価はカバーに表示してあります

KODANSHA

デザイン―菊地信義
本文データ制作―講談社デジタル製作
印刷―――豊国印刷株式会社
製本―――株式会社国宝社

ISBN978-4-06-526649-6

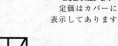

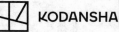

講談社文庫刊行の辞

二十一世紀の到来を目睫に望みながら、われわれはいま、人類史上かつて例を見ない巨大な転換期をむかえようとしている。

世界も、日本も、激動の予兆に対する期待とおののきを内に蔵して、未知の時代に歩み入ろうとしている。このときにあたり、創業の人野間清治の「ナショナル・エデュケイター」への志を現代に甦らせようと意図して、われわれはここに古今の文芸作品はいうまでもなく、ひろく人文・社会・自然の諸科学から東西の名著を網羅する、新しい綜合文庫の発刊を決意した。

激動の転換期はまた断絶の時代である。われわれは戦後二十五年間の出版文化のありかたへの深い反省をこめて、この断絶の時代にあえて人間的な持続を求めようとする。いたずらに浮薄な商業主義のあだ花を追い求めることなく、長期にわたって良書に生命をあたえようとつとめるところにしか、今後の出版文化の真の繁栄はあり得ないと信じるからである。

同時にわれわれはこの綜合文庫の刊行を通じて、人文・社会・自然の諸科学が、結局人間の学にほかならないことを立証しようと願っている。かつて知識とは、「汝自身を知る」ことにつきていた。現代社会の瑣末な情報の氾濫のなかから、力強い知識の源泉を掘り起し、技術文明のただなかに、生きた人間の姿を復活させること。それこそわれわれの切なる希求である。

われわれは権威に盲従せず、俗流に媚びることなく、渾然一体となって日本の「草の根」をかたちづくる若く新しい世代の人々に、心をこめてこの新しい綜合文庫をおくり届けたい。それは知識の泉であるとともに感受性のふるさとであり、もっとも有機的に組織され、社会に開かれた万人のための大学をめざしている。大方の支援と協力を衷心より切望してやまない。

一九七一年七月

野間省一